Escritoras
Dorothea Goldenberg
Bette Killion

Illustración de la portada
Jerry LoFaro

Illustraciones interiores
Jim Salvati
Joe Spencer
Gary Torrisi
Phil Wilson

Louis Weber, C.E.O.
Publications International, Ltd.
7373 North Cicero Avenue
Lincolnwood, Illinois 60712 USA

www.pilbooks.com

Fabricado en China.

8 7 6 5 4 3 2 1

ISBN 1-4127-0165-1

EL TESORO

de los
Cuentos
de
Hadas

PUBLICATIONS INTERNATIONAL, LTD.

Índice

La Bella y la Bestia

En un país muy lejano, vivía un rico mercader con sus tres encantadoras hijas: Felicidad, Flor y Bella. Tenían una enorme casa con muchos sirvientes. Pero un día, el mercader perdió todos sus barcos en una tormenta en el mar y la familia ya no pudo mantener ni su elegante casa ni sus sirvientes. El mercader y sus hijas se mudaron a una cabañita.

Al principio, Felicidad y Flor estaban descontentas. Se lamentaban por haber perdido tantos lujos y por el trabajo que ahora debían hacer. Pero Bella les decía:

—Con el llanto no se van a mejorar las cosas. Debemos aprender a ser felices aquí.

Bella trabajaba todo el día limpiando, cocinando y arreglando el jardín, y ayudaba a sus hermanas para que aprendieran a disfrutar su nueva vida. El mercader estaba orgulloso de sus tres hijas, pero sobre todo de Bella.

Un día, el hombre escuchó que uno de sus barcos había regresado a salvo y se preparó para el largo viaje al puerto. Cada una de sus hijas le deseó buen viaje, y el mercader les prometió que les traería regalos al regresar. Felicidad y Flor querían trajes de fiesta y joyas finas.

—¿Qué quieres que te traiga, Bella? —preguntó el mercader.

—Una rosa —dijo Bella—, sólo una hermosa rosa.

Cuando el mercader llegó al puerto, se enteró de que su cargamento de seda fina había sido arruinado por el agua de mar que se filtró en el barco. Seguía siendo tan pobre como antes.

El mercader cabalgó tristemente a casa, atravesando por una parte del bosque por la que nunca antes había pasado. A medida que la noche caía, empezó a escuchar unos suaves crujidos detrás de sí y unos aullidos misteriosos en la distancia. De repente, estalló una furiosa tomenta y se perdió entre cerrados torbellinos de nieve.

El mercader siguió con valor, pero pronto se dio cuenta de que tendría que encontrar un lugar para pasar la noche. A lo lejos, vio una luz amarilla que parecía rasgar la tempestad. Luchó para llegar hasta ella, deseando encontrar una aldea pequeña o una choza donde esperar que pasara la tormenta. Llegó hasta un claro y se encontró con el palacio más majestuoso que había visto en su vida.

El mercader ató su caballo al portón y entró. No podía encontrar al dueño del castillo, pero descubrió un fuego acogedor, una maravillosa cena y una cama blanda y cálida.

A la mañana siguiente, el mercader exploró los alrededores del palacio. Aunque era invierno, el jardín estaba cubierto con flores de todos los tipos y colores. Se encontró con un hermoso rosal y, recordando lo que Bella le había pedido, decidió arrancar una flor para ella. Mientras cortaba el tallo de la rosa, el aire se llenó con un terrible rugido y una inmensa bestia apareció de la nada.

—¡Ladrón! ¡Pillo! —bramó la bestia—. ¡Te ofrecí albergue y alimento y me robas! Por esto, tendré que encerrarte en el calabozo.

El mercader le rogó a la bestia que lo dejara llevar la rosa para Bella y ver a sus hijas por última vez. Su amor por la familia conmovió a la bestia, quien le dio una sortija mágica que lo llevaría del castillo a su casa. El mercader prometió regresar y aceptar su castigo. Llegó a su casa y les contó a sus hijas lo que le había pasado.

—¿Tienes que irte, padre? —le preguntó Felicidad—. ¡Te vamos a extrañar tanto!

—Es sólo una bestia —protestó Flor—. ¿Tienes que cumplir una promesa hecha a tal criatura?

—¡Le di mi palabra! —contestó el mercader.

Bella no dijo nada pero, tan pronto como todos se durmieron, tomó la sortija mágica y la usó para que la llevara al castillo de la bestia. Sabía que su padre no podría seguirla.

Bella le dijo a la bestia que quería tomar el lugar de su padre.

—Cuando él arrancó la rosa, fue sólo porque yo se lo había pedido —le explicó—. Yo debo ser quien se quede aquí contigo.

Una vez más, la bestia se conmovió y estuvo de acuerdo.

—No te vas a quedar como prisionera, sino como mi invitada —le dijo.

La bestia se esforzó mucho en hacer feliz a Bella. Se aseguraba de que tuviera ropa bonita y flores frescas del jardín, y de que comiera cosas deliciosas. Todas las noches, cenaban juntos y pasaban muchas horas hablando. La bestia pronto se enamoró de Bella. Muchas veces pensó en decírselo, pero se avergonzaba de su temible apariencia y jamás le habló de lo que sentía.

Con el tiempo, Bella le tomó mucho cariño a la bestia. Admiraba el orgullo que sentía por su jardín y le encantaba la forma amable en que cuidaba a los animales en los terrenos del palacio. Pero Bella también extrañaba a su padre y sus hermanas, y un día le pidió que le permitiera visitarlos.

—Muy bien —dijo la bestia y le dio la sortija mágica—. Pero sólo te puedo dejar ir por diez días. Debes regresar al final del décimo día.

Bella se fue a su casa y su familia estaba contentísima de verla. Cuando llegó el momento de regresar junto a la bestia, no pudo soportar la idea de marcharse y decidió permanecer en su casa un día más.

Mientras Bella dormía esa noche, soñó que la bestia se hallaba tirada en el suelo de su jardín, incapaz de levantarse. Parecía estar muriéndose. El sueño asustó tanto a la joven que a la mañana siguiente usó la sortija para regresar al palacio. Todo permanecía en una extraña calma.

Llamó, pero no recibió respuesta. Corrió al jardín y encontró a la bestia tirada en el suelo, tal como la había visto en el sueño.

—¡Oh, bestia, no te mueras! —lloró—. ¡Eres tan bueno y yo te quiero! ¡Eres feo, pero tu bondad es muy fácil de ver!

Con las palabras de Bella, la bestia se convirtió en un apuesto príncipe.

—Una vieja hada me convirtió en bestia para darme una lección —dijo el príncipe—. Muchas veces fui cruel con los animales que yo consideraba feos. El encanto se rompería sólo cuando alguien me llegara a querer a pesar de mi apariencia.

El príncipe y Bella se casaron inmediatamente. Su padre, sus hermanas y los miembros de la corte del príncipe fueron a la boda.

El príncipe, que ya no era una bestia ni en cuerpo ni en espíritu, amaba a bella con todo su corazón, y a la familia de ésta nunca le faltó nada por el resto de sus días.

Rapunzel

Juan y su esposa Nel vivían en una agradable cabaña en una pequeña villa. Lo que más deseaban era tener un niño o una niña. Al lado de ellos vivía una malvada bruja llamada Helga, que tenía una casa con una huerta muy grande. Helga también quería tener un bebé.

Un día, Nel tuvo una señal de que iba a tener un hijo. Ese mismo día, vio que en la huerta de la bruja crecía un nabo al que en su país llamaban "rapunzel". Se veía muy sabroso y fresco. Nel exclamó:

—¡Tengo que comer un poco de ese rapunzel!

Juan la amaba tanto que se arriesgó a recoger un poco del nabo rapunzel para ella.

—¡Cómo te atreves a robarte mi rapunzel! —gritó la bruja cuando lo encontró en su huerta—. ¡Esto lo vas a pagar muy caro!

Juan le explicó que su esposa había tenido antojo de comer de ese nabo.

Sin apaciguarse, Helga dijo:

—Muy bien. Toma todo el rapunzel que quieras, pero cuando el niño nazca, va a ser mío.

Juan estaba tan asustado que dijo que sí. Nel comió un montón de rapunzel y, con el tiempo, nació una hermosa niña de ojos azules y cabello dorado. De inmediato sintieron un gran amor por ella.

Al día siguiente, Helga vino a reclamar a la niña. Cumpliendo con su palabra, Juan tristemente se la entregó a la bruja. La viejecilla la llamó Rapunzel y se la llevó a una tierra lejana.

El grueso pelo dorado de Rapunzel pronto creció muy largo. A Helga le encantaba presumir a su hermosa niña.

Una noche, cuando Rapunzel tenía doce años, Helga usó sus poderes para llamar al gran cuervo del Norte. Le dijo que llevara a la niña a una torre alta en un bosque, y el cuervo hizo lo que la bruja le pidió. Helga estaba esperándolos cuando llegaron y encarceló a Rapunzel en la torre, que no tenía puertas ni escaleras, sino sólo un aposento en la parte de arriba.

Rapunzel se asustó cuando la bruja se fue, pero el cuervo se quedó con ella la primera noche y produjo unos suaves sonidos que la calmaron. Sentía lástima por la niña, pero como no tenía poderes propios, no podía desafiar la voluntad de Helga.

A la mañana siguiente, Rapunzel oyó que Helga la llamaba desde fuera de la torre:

—Rapunzel, Rapunzel, deja caer tu pelo.

Rapunzel enrolló sus largos bucles alrededor de un gancho que estaba junto a la ventana y dejó caer su cabello, que parecía oro hilado. Helga tomó las hebras y subió por la pared de la torre. Se quedó con Rapunzel por poco tiempo y le trajo comida y agua.

Todas las mañanas, Helga venía y llamaba a Rapunzel, y cada mañana la niña dejaba caer su largo cabello. Pero Rapunzel seguía sintiéndose sola. Se hizo amiga de las aves que volaban cerca de su ventana y éstas le enseñaron a cantar de una forma bella. Rapunzel pasaba las horas cantándole al bosque.

A los conejos, las zorras, los ciervos —hasta a los osos y a los lobos— les fascinaba el canto de Rapunzel. Se detenían dondequiera que estuvieran en el bosque, y la escuchaban.

Algunos días, las ardillas o un mapache se subían a la torre y le traían a Rapunzel unas nueces o una manzana jugosa.

Un pequeño azulejo venía todas las mañanas a posarse en el alféizar de la ventana de Rapunzel. La niña lo llamó Cielo, porque el ave era tan azul como los cielos y tan alegre como un rayito de sol. Cada mañana, Cielo le cantaba y luego se alejaba volando, justo cuando Helga se acercaba a la torre.

Rapunzel había pasado ya mucho, mucho tiempo en la torre, cuando un apuesto príncipe llegó cabalgando al bosque en una misión para su padre, el rey. De repente, oyó la dulce voz que cantaba en algún lugar entre los árboles. Guió su caballo hacia el sonido encantador. Cuando se acercaba, el canto cesó y una áspera voz exclamó:

—Rapunzel, Rapunzel, deja caer tu pelo.

El príncipe se sorprendió de ver un hermoso cabello largo y una bruja fea que se subía por él. Quería escuchar el canto de la niña otra vez, pero la bruja se quedó. El príncipe se prometió regresar un día y se alejó en su caballo para llevar a cabo su tarea real.

Al cabalgar de regreso a casa por el bosque, el príncipe volvió a la torre. Todo estaba en calma. Caminó hasta el pie de la torre y llamó, como había escuchado llamar a Helga:

—Rapunzel, Rapunzel, deja caer tu pelo.

Rapunzel se acercó a la ventana, pero vaciló porque la voz era desconocida. Cuando vio al príncipe, dejó caer su cabello y el joven subió sin esfuerzo hasta la ventana.

—¡Canta para mí! —le rogó él. Rapunzel estaba tan contenta que cantó más dulcemente que nunca.

Después de esto, todos los días el príncipe subía a ver a Rapunzel. Y todos los días ella cantaba para él.

Un día, Helga llegó a la torre más temprano que de costumbre. Mientras se acercaba, escuchó cantar a Rapunzel. El canto era tan dulce que Helga supo que había ocurrido algo.

Se acercó a la torre y observó. Poco después, vio que Rapunzel se despedía del príncipe y luego él bajó de la torre por el cabello dorado y se alejó cabalgando por el bosque.

—¡Me han engañado! —chilló Helga.

Se fue rápidamente a su casa sin dejar la comida ni el agua para Rapunzel. De vuelta en su choza, gritó, pataleó y rabió porque alguien estaba tratando de robarle a su hermosa hija.

Al caer la noche, Helga conjuró todos sus poderes e hizo venir al gran cuervo del Norte.

—¡Llévatelos a los dos! —le ordenó Helga—. ¡Llévatelos volando al reino más miserable y pobre de la tierra y déjalos ahí! ¡Entonces serán infelices por el resto de sus vidas!

Cuando el cuervo se acercaba a la torre, vio que Rapunzel y el príncipe escapaban de lo alto por las trenzas de la niña. Rapunzel se había cortado el cabello y lo había atado al gancho de la ventana. El cuervo los tomó a los dos en sus garras e inició su vuelo al país lejano. Los dos se abrazaron y Rapunzel, todavía contenta de estar con su príncipe, empezó a cantar.

En ese momento, la música que había fascinado y encantado a las criaturas del bosque cuando Rapunzel estaba atrapada en la torre, conmovió el corazón del cuervo. El canto parecía decir que, aunque la vida se vuelva muy difícil, lo único que importa es estar con las personas que uno quiere. La música y la letra le dieron al gran pájaro la fuerza para desobedecer las órdenes de Helga.

En vez de dejarlos en un reino árido, el cuervo llevó a Rapunzel y al príncipe directamente a la humilde choza de los papás de la niña.

Al escuchar el sonido del movimiento de las grandes alas, Juan y Nel, los padres de Rapunzel, salieron de la choza. Para su sorpresa y deleite, volvieron a ver a la hermosa niña.

El príncipe le pidió a Juan la mano de su hija. El orgulloso padre les dio su más cálida bendición.

Poco después, el príncipe y Rapunzel se casaron en una espléndida ceremonia y se llevaron a los padres de la joven a vivir muy, muy lejos.

La malvada bruja, que no sabía que el cuervo la había desobedecido, vivió el resto de sus días en soledad y nunca se supo más de ella.

Aladino

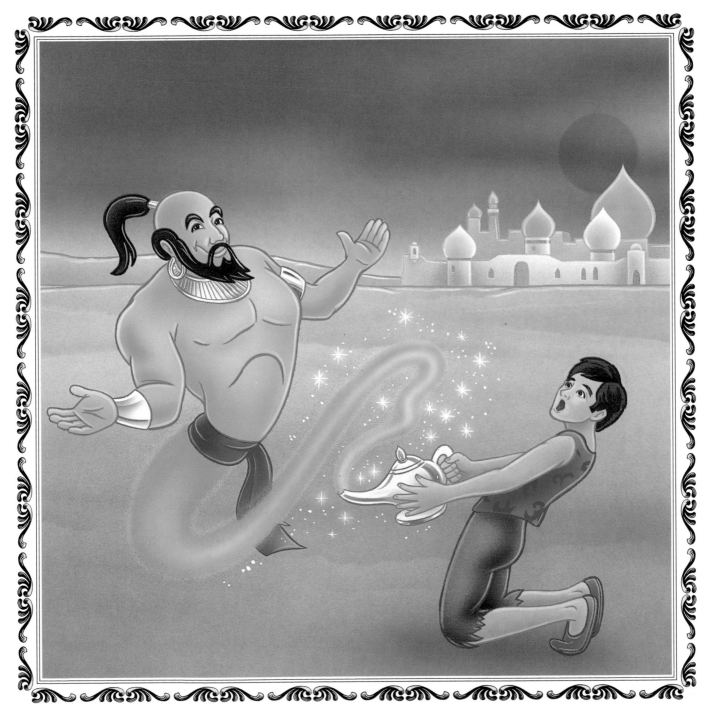

Aladino era un muchacho pobre que vivía en una casita en las afueras de la ciudad. Se ganaba la vida recogiendo ramas secas y vendiéndolas como leña en el mercado.

Un día, se echó a la espalda su carga de ramas y caminó a la ciudad. Su mascota Amir, una mangosta, viajaba en su hombro, observando todo con mirada alerta. Había muchas cosas maravillosas que ver en la ciudad.

Entre el ruido y el ajetreo de la multitud en el mercado, se escuchó repentinamente una voz:

—¡Abran paso! ¡Ahí viene la hija del sultán, la princesa Lila!

La princesa viajaba en un espléndido caballo blanco, rodeada de su corte real. Aladino se abrió paso entre la multitud para ver a la princesa. ¡Era hermosa!

Amir la vio también e hizo tanto ruido que la princesa volvió el rostro y les sonrió a él y a su amo. El corazón de Aladino se llenó de amor por la princesa.

En la multitud, junto a Aladino, se encontraba un astuto mago llamado Rashid. Miró al joven de arriba a abajo y le dijo:

—Muchacho, necesito tu ayuda. Te daré una moneda de oro si me haces una sencilla tarea.

Aladino siguió a Rashid por el desierto. Caminaron largo rato hasta llegar a una zona montañosa.

—Aquí —dijo Rashid, señalando una pequeña abertura en la ladera—. No puedo pasar por la entrada de la cueva, pero estoy seguro de que tú sí podrás. Baja a la cueva y tráeme la lámpara de bronce que encontrarás ahí. ¡De prisa!

Aladino se deslizó hasta la cueva. En ella encontró montones de monedas y piedras preciosas, y la lámpara en una esquina. Estaba a punto de dársela al mago, cuando Amir empezó a chillar con fuerza y a tirar de su manga.

—¡Dámela! —vociferó el mago, pero Aladino se negó.

Rashid estaba tan enojado que empujó una piedra grande hacia la entrada de la cueva, cubrió el agujero y se fue. Aladino se llenó los bolsilos con todas las piedras preciosas que pudo cargar. Luego, con la lámpara en su regazo, se sentó a pensar en su situación. Amir corría de un lado a otro buscando una salida, pero no había ninguna. Aladino empezó a llorar.

Sus lágrimas rodaron hasta la lámpara y Aladino la frotó para secarla. Cuando lo hacía, apareció un enorme genio en una nube de humo verde.

—¿Qué deseas, amo? Tus deseos son órdenes para mí —dijo el genio con voz de trueno.

Aladino exclamó:

—¡Sácanos de aquí!

Apenas acabó de decirlo, Aladino y Amir estuvieron fuera de la cueva. Aladino aún tenía la lámpara entre sus manos. Se tocó los bolsillos para asegurarse de que todavía llevaba las piedras preciosas.

De regreso a casa, a Aladino le dio hambre. Frotó la lámpara y le pidió al genio que le trajera comida. Inmediatamente, en su mesa apareció un banquete digno de un sultán, todo servido en loza y platos finos. La comida estaba deliciosa, pero Aladino no pudo comer mucho. Tenía el corazón herido por Lila, la hermosa hija del sultán.

Le pidió al genio que lo vistiera con ropas majestuosas y le diera un noble caballo. Entonces, Aladino cabalgó al palacio del sultán. En una bolsa de cuero llevaba a Amir y las piedras preciosas de la cueva del desierto.

El palacio del sultán era inmenso y estaba decorado ricamente. Aladino tembló al verlo, pero su amor por la princesa le dio ánimos.

—Señor —dijo, mientras se arrodillaba ante el sultán—, le traigo estas humildes joyas y le pido la mano de su hja en matrimonio.

El sultán nunca había visto joyas tan ricas. Creyó que Aladino era hijo de un poderoso sultán de otro país, así que estuvo de acuerdo en darle por esposa a la princesa Lila.

Cuando Lila supo que Aladino había pedido su mano, se puso contenta, porque le pareció un joven guapo y bueno.

Aladino y la princesa se casaron, y el genio les construyó un palacio aún más hermoso que el del sultán. La joven pareja fue feliz hasta el día en que Rashid se enteró de lo que había sucedido. El mago sabía que el joven esposo tenía su lámpara mágica.

Corrió a una tienda y compró una docena de lámparas de bronce. Un día que Aladino no estaba en casa, Rashid se disfrazó de vendedor ambulante y llevó las lámparas al palacio.

—¡Cambio lámparas nuevas por viejas! —gritaba—. ¡Doy nuevas por viejas!

La princesa se acordó de la desgastada lámpara de Aladino y pensó sorprenderlo con una nueva. El astuto mago le cambió con gusto una de sus lámparas resplandecientes por la lámpara mágica. Poco después, llamó al genio.

—Constrúyeme un espléndido palacio en otra ciudad —le ordenó Rashid— y tráeme a la princesa Lila.

Esto se hizo al instante.

Aladino regresó al palacio para descubrir que su amada esposa no estaba. ¡Pobre Aladino! Tenía el corazón destrozado. Pero Amir se escapó y empezó a buscar a la princesa.

La pequeña mangosta buscó durante muchos días. Por fin, hambrienta y exhausta, llegó al palacio de Rashid. Ahí encontró a la princesa Lila sollozando por Aladino. Cuando Amir se le subió a la falda, ella lo besó y le ató una cinta de seda alrededor del cuello.

La valiente mangostita regresó de prisa hasta su amo. Cuando Aladino vio la cinta, siguió a Amir hasta el palacio de Rashid. Ahí, mientras el malvado mago dormía, encontraron la lámpara mágica. En un abrir y cerrar de ojos, el genio hizo que Aladino, la princesa Lila y Amir volvieran a casa.

Cuando el sultán escuchó lo sucedido, se puso furioso. Desterró al malvado Rashid a un país muy lejano, y no se supo nada más de él.

Aladino y la bella princesa Lila vivieron felices después de esto. Tuvieron una gran familia y los compañeros de juego preferidos de sus muchos hijos y nietos fueron varias generaciones de mangostas, ¡las crías de su fiel Amir!

La Bella Durmiente

Hace mucho tiempo, un rey y una reina buenos y sabios, gobernaban una tierra lejana. Eran muy felices, pero aun así todos los días deseaban tener un hijo con quien compartir su alegría.

Un día de verano, el rey y la reina fueron al estanque del jardín, donde hacía fresco. A la orilla del agua había largos juncos y preciosos nenúfares. Mientras la reina observaba el agua, un sapo grande y verde saltó frente a ella.

El sapo miró a la pareja real y dijo:

—Mi rey y mi reina, han gobernado con justicia y bondad, y por eso voy a concederles un deseo. Antes de que termine el año, van a tener el hijo que tanto han añorado —con un gran salpicón, el sapo desapareció dentro del agua.

Tal como el sapo lo había prometido, nació una hermosa niña. El rey y la reina ordenaron una gran celebración para dar la bienvenida a su hija, que se llamaba Rosalía.

Se preparó una gran fiesta, como nunca se había visto en el reino. Adornaron el castillo de arriba a abajo con estandartes en azul, verde y oro. Los músicos de la corte escribieron canciones nuevas para tocarlas en honor de la princesa. Se prepararon invitaciones para la nobleza, los terratenientes, artesanos, tenderos, labriegos y las trece hadas del reino. Se pidió a todos los habitantes del reino que vinieran.

Bueno… a casi todos, porque en la emoción y el revuelo, se cometió un error. Una invitación se extravió y este simple error cambiaría la vida de Rosalía.

Cuando las festividades estaban en su apogeo, las hadas le dieron a Rosalía un regalo especial. Una por una se acercaron a la niña y le ofrecieron una promesa mágica: a medida que creciera en tamaño, también lo haría en bondad, belleza y muchas otras cualidades. Justo cuando el hada número doce estaba a punto de presentar su regalo, Mordra, la más poderosa de las hadas, entró como una tempestad. Su invitación era la que se había perdido. Mordra gritó furiosa:

—¡Me han insultado, así que tendrán que sufrir! ¡Antes de que su preciosa Rosalía cumpla los dieciséis años, se picará un dedo con el huso de una rueca y morirá!

La última hada avanzó entonces hacia Rosalía.

—Mi regalo es éste, dulce niña —exclamó—: no morirás, sino que caerás en un profundo sueño que sólo ha de terminar con la promesa del verdadero amor.

Los años pasaron y cada día la princesita se convertía en una niña más maravillosa, tal como lo habían prometido las hadas. Era dulce, gentil y muy bonita.

A diferencia de los niños más humildes del reino, Rosalía no sabía lo que era una rueca, porque nunca las había visto. El rey y la reina habían ordenado hacía mucho tiempo que sacaran todas las ruecas del palacio.

El día anterior a aquel en que cumpliría dieciséis años, Rosalía exploraba el palacio, como de costumbre, y se encontró con una escalera que llevaba a la vieja torre. En un cuartito en la parte de arriba estaba sentada ante una rueca una vieja de aspecto amable, hilando el hilo más delicado y resplandeciente que Rosalía hubiera visto jamás.

—Buen día —saludó cortésmente Rosalía—. ¿Qué es eso que usted hace?

—Estoy hilando —contestó la mujer con una sonrisa engañosa.

Rosalía no se dio cuenta de que la vieja era en realidad Mordra, ni del peligro en que se encontraba. Con curiosidad, alargó el brazo para tocar la rueca y le rogó que le dejara intentarlo.

En ese instante, se cumplió el malvado deseo de Mordra. Rosalía se picó el dedo con el huso de la rueca y derramó una sola gota de sangre. Mientras la perversa hada se reía, Rosalía cayó al suelo. No estaba muerta sino que yacía en un profundo sueño encantado.

Como parte del deseo del hada número doce, ese mismo sueño profundo recayó sobre el castillo completo. Los caballos en el establo, los gatitos en el patio, los pájaros en los tejados… todos se quedaron dormidos justo donde estaban. El cocinero se quedó dormido mientras batía una gran olla de sopa en el fogón, y todos los guardias roncaban muy alto en sus puestos. Hasta el rey y la reina dormían, muy rectos y formales, en sus tronos.

Mordra, furiosa porque se había frustrado su plan, hizo que un seto de espinas, afiladas como navajas, rodeara el castillo.

—¡Que la promesa de amor eterno pase por eso! —dijo con una risa malévola.

De aldea en aldea, se contaban cuentos acerca de las hadas que colocaron a Rosalía en una cama especial mientras dormía en su mágico sueño.

Muchos jóvenes trataron de llegar hasta Rosalía, pero ninguno pudo atravesar el seto de espinas. Un día, un príncipe de una tierra lejana escuchó la historia de la Bella Durmiente. El príncipe Esteban era un joven aventurero y audaz, y la historia le provocó curiosidad. No sabía por qué, pero se sentía seguro de que debía encontrar a la princesa, y partió inmediatamente.

Después de muchos días de duro cabalgar, Esteban llegó hasta el seto de espinas. Cuando tocó una rama para apartarla, surgieron flores en todas las partes del seto y las ramas le abrieron paso hacia el castillo.

Esteban avanzó hacia el patio. Para su sorpresa, todos los seres vivientes del castillo estaban durmiendo. Corrió cerca de los gatitos que ronroneaban, pasó frente al rey y la reina que dormían y subió por las escaleras hacia la torre. En la parte de arriba, encontró a Rosalía dormida en su cama.

Impresionado con la belleza de Rosalía, Esteban se arrodilló y le dio un tierno beso en la mejilla. Los ojos de Rosalía se abricron y lo primero que vio fue la cara del príncipe.

—Has roto el hechizo —dijo ella— y en ti veo la promesa del verdadero amor.

Los dos caminaron de regreso por el castillo y, como por encanto, la vida comenzó de nuevo. Los gatitos se estiraron y bostezaron. Los caballos se levantaron torpemente, relincharon y agitaron sus colas. Los pájaros empezaron sus arrullos y aleteos. El cocinero continuó batiendo su sopa, mientras que los guardias dejaron de roncar y se mantuvieron en pie y alertas.

El rey y la reina despertaron para encontrar a Rosalía y a Esteban parados delante de ellos. El regalo del hada número doce debía haberse realizado.

Rosalía y Esteban se casaron poco después, y la joven pareja partió hacia la tierra natal del príncipe, donde vivieron felices para siempre.

Cenicienta

Muy lejos, en una pequeña aldea al otro lado del océano, vivía un caballero con su hermosa hijita. Unos años después de morir su esposa, el caballero se casó con una mujer que tenía dos hijas, esperando encontrar alguien cariñoso que cuidara de su hija. Sin embargo, su nueva esposa resultó ser egoísta y cruel.

Las dos hermanas eran tal como su madre, vanidosas y rudas. Se la pasaban mirándose al espejo y le encontraban defectos a todos los demás. La hija del anciano caballero era completamente lo opuesto. Era bella, cariñosa y buena, y amaba a los animales.

Un terrible invierno, el caballero se enfermó y murió, dejando a su joven hija sola con la madrastra egoísta y con sus malvadas hermanastras.

Las hermanastras eran malas y se complacían en molestar a la pobre niña.

—¿Crees que jugaríamos contigo? —se burlaba Capricia, encantada de verla llorar.

Desaparecieron sus lindos trajes. En su lugar, le daban harapos.

—¡Miren qué linda está ahora nuestra niña bien vestida! —la molestaba Ágata.

Las hermanastras le ordenaban que hiciera la limpieza, cocinara y lavara la ropa. Ellas tenían camas blandas con mullidas almohadas y mantas, pero la niña dormía en una cama de paja dura y tenía que calentarse en un rincón cerca de la chimenea.

Como solía estar cubierta del hollín y las cenizas de la chimenea, sus maliciosas hermanastras la llamaban Cenicienta.

Un día, el rey envió invitaciones a un maravilloso baile de gala en el palacio. Todas las chicas estaban invitadas para conocer al príncipe. Bailaría con todas las damas y se esperaba que entonces escogiera una novia.

Las hermanastras se sintieron muy emocionadas cuando recibieron la invitación.

—¡Rápido, ayúdanos a prepararnos para el baile de gala! —le ordenaron. Cenicienta lavó y planchó los trajes y ayudó a sus hermanastras a escoger las cintas más bonitas para su cabello.

Cuando las hermanastras estuvieron listas, Cenicienta le preguntó a su madrastra si ella podía ir también.

—¡Pero, Cenicienta! —le contestó burlonamente—. Tú no tienes ropa y estás cubierta de andrajos y polvo. ¡Nos avergonzarías! —y riendo a carcajadas, se fueron las perversas hermanastras y su madre.

Cenicienta rompió a llorar.

—¡Ay, cómo me gustaría ir también! —se lamentaba—. ¡Ojalá tuviera un hada madrina que hiciese que mis sueños se volvieran realidad! —al instante, en una nube de polvo de plata, apareció una agradable dama de pelo canoso, que llevaba una varita mágica: ¡un hada madrina!

—¡Bueno, bueno! —exclamó—. Aquí estoy. ¡Ahora vamos a trabajar! —le dijo a Cenicienta que buscara una calabaza grande, seis ratones grises, una rata gorda y bigotuda y dos lagartijos delgados.

Con un pase de la varita mágica del hada madrina, la calabaza se convirtió en un carruaje, los ratones en caballos, la rata en un algre cochero con un gran bigote y los lagartijos en elegantes pajes. Como toque final, el traje raído de Cenicienta se transformó en un vestido de raso. En sus pequeños pies brillaban unas zapatillas de cristal.

—¡Eso sí, tienes que regresar a casa antes de la medianoche, Cenicienta! —le advirtió el hada madrina—. Al dar el reloj las doce, todo desaparecerá. Tu carruaje volverá a convertirse en calabaza y tu ropa se tornará otra vez en harapos.

Cenicienta asintió y se subió al magnífico carruaje. Al verla llegar al palacio, los habitantes del pueblo sintieron curiosidad por saber quién era la misteriosa belleza. Ni siquiera su madrastra ni sus hermanastras la reconocieron.

El príncipe se adelantó para darle la bienvenida y se enamoró al instante. Bailó con Cenicienta y no quiso bailar con nadie más. Todos podían ver que el príncipe y la dama misteriosa se habían enamorado.

Cenicienta estaba tan feliz y emocionada que se olvidó del paso del tiempo. Cuando oyó que el reloj del palacio empezaba a dar las doce, avanzó hacia la puerta y bajó las escaleras corriendo lo más rápido que pudo. Ni siquiera miró atrás para despedirse del príncipe.

En su prisa, la joven no se dio cuenta de que había perdido una de sus zapatillas de cristal al pie de las escaleras del palacio. En lo único que podía pensar era en llegar a casa antes de que todo desapareciera en el aire.

Mientras el cochero se apresuraba a dejar el palacio, Cenicienta sintió cómo su ropa se convertía en harapos. Los caballos volvieron a ser ratones; el cochero, que de nuevo era una rata gorda, se alejó, y los pajes lagartijos se escabulleron. En medio del camino quedó una calabaza sucia y magullada.

Cuando la madrastra y las hermanastras regresaron del baile de gala, encontraron a Cenicienta dormida junto al fuego. Estiró los brazos, se frotó los ojos y les pidió que le contaran acerca del maravilloso baile.

Le hablaron del apuesto príncipe y la bella mujer que había llegado en un magnífico carruaje. Todos en el baile habían admirado su traje de raso y sus relucientes zapatillas de cristal. Ahora el príncipe andaba buscando a la dama de la zapatilla perdida.

Mientras Cenicienta escuchaba el cuento, sonreía y le daba golpecitos al bolsillo de su delantal. Dentro de él se encontraba la otra zapatilla de cristal, que el hada madrina le había permitido conservar.

Las noticias se propagaron por toda la aldea. El príncipe, que había caído en un estado de melancolía después del baile, recuperó su energía usual. Había empezado a buscar a la dama cuyo pie cupiera en la zapatilla de cristal, jurando que ninguna otra sería su esposa.

Cuando el príncipe llegó a la casa de Cenicienta, Capricia y Ágata avanzaron para probarse la zapatilla. A fuerza de empujones y apretones, cada una trató de ponerse la delicada zapatilla. De nada sirvieron sus intentos, pues sus pies eran demasiado grandes.

Cenicienta se lavó las manos y la cara, salió de la cocina y dijo suavemente:

—Quisiera probar, si puedo.

—¡No seas ridícula, Cenicienta, no podrías ser tú! —aullaron de risa la madrastra y las hermanastras.

Cenicienta le hizo una reverencia al príncipe y se sentó a probarse la zapatilla. Su delicado pie se deslizó dentro de ésta con facilidad. Entonces, sacó la segunda zapatilla del bolsillo de su delantal y se la puso también. En ese momento, el hada madrina volvió a aparecer y giró su varita mágica sobre la joven.

—¡Fuera de aquí, harapos, buenos sólo para una sirvienta! —declaró—. ¡Que mi digna ahijada vista tan espléndidamente como una princesa!

Al instante, el traje raído de Cenicienta se convirtió en el vestido de raso con el que había bailado en el palacio. ¡La madrastra y las hermanastras no salían de su asombro! Aunque no querían creerlo, se dieron cuenta de que la misteriosa dama del baile no era otra que su propia Cenicienta. Ahora les pesó mucho haberla tratado tan mal.

El apuesto príncipe reconoció también que Cenicienta era su hermosa pareja de baile.

—¡Ésta es mi novia! —exclamó feliz—. ¡Temía que nunca te encontraría! ¿Por qué te fuiste al dar las doce?

—Siento mucho haberte dejado en la escalinata del palacio —dijo Cenicienta—, pero me tomaría demasiado tiempo explicarte por qué salí con tanto apuro.

—¿Demasiado? —se extrañó el príncipe—. Al contrario, amada mía, ¡tenemos todo el tiempo del mundo!

Por si acaso encontraba a la dama que andaba buscando, el príncipe llevaba con él una preciosa sortija de diamantes, que colocó en el dedo de Cenicienta.

—¡Por favor, dime que te casarás conmigo! —le pidió con vehemencia, y Cenicienta aceptó de inmediato.

Pocos días después, el príncipe y Cenicienta se casaron en una magnífica ceremonia de palacio, como no se había visto en muchísimos años. La joven pareja vivió feliz por el resto de sus días.

En cuanto a la egoísta madrastra y sus desagradables hijas… bueno, no vivieron tan felices. Nunca más las invitaron al palacio, y las hermanastras terminaron sus vidas como solitarias hilanderas.

La Princesa y el Guisante

Andrés era un príncipe muy apuesto. También era el más valiente, el más fuerte y el más amable que se hubiera conocido. Cuando llegó a la edad de casarse, el rey y la reina determinaron que debía hacerlo con una princesa.

—Voy a buscar una princesa de verdad —insistía Andrés—. Una verdadera princesa tiene modales finos, una naturaleza alegre y bondadosa, y un buen corazón. La belleza no es lo más importante.

—Y una princesa de verdad es justo lo que te mereces —dijo la reina. El rey prometió ayudar a su hijo a encontrar una mujer así.

El rey y el joven príncipe salieron en sus corceles reales. Viajaron por todo el país en busca de una princesa de verdad, preguntando en todas las aldeas y todos los palacios espléndidos.

Encontraron muchas jóvenes doncellas hermosas. Todas pensaban que el príncipe Andrés era muy guapo y querían casarse con él. Sus ambiciosos padres también tenían muchos deseos de lograr tan importante enlace con la familia real.

Pero ninguna era la princesa de verdad que Andrés anhelaba. Algunas no tenían modales finos y otras tenían voces ásperas. Algunas eran muy agresivas o poco cariñosas… en otras palabras, de mal carácter.

Por fin, el rey y el príncipe Andrés tuvieron que regresar a casa. El príncipe estaba muy triste: ¡había tenido tantas esperanzas de encontrar una princesa de verdad!

El cocinero del palacio trató de animarlo. Le preparó su platillo favorito de cordero y bollitos rellenos, pero el príncipe Andrés sólo negó con su hermosa cabeza. El bufón de la corte trató de hacerlo reír con los cuentos más divertidos que conocía, pero el príncipe Andrés se iba quedando más triste y más callado.

Las sirvientas del palacio le pusieron sus sábanas de seda favoritas, pero el melancólico príncipe Andrés no durmió bien.

Una noche, hubo una terrible tormenta por todo el reino. Caían torrentes de lluvia. Los truenos retumbaban y los relámpagos rasgaban el cielo. En lo peor de la tormenta, se escuchó que alguien tocaba el portón del palacio. El rey abrió y se encontró con una princesa parada ahí. Estaba empapada y la lluvia le corría desde el pelo hasta los zapatos.

—Buenas noches, su majestad —dijo cortésmente la joven—. Soy una princesa de verdad, y he venido para casarme con su hijo.

El rey la acompañó al gran salón y dejó que se secara delante del fuego.

El príncipe Andrés pensó que era hermosa y tenía muy buenos modales, pero se seguía preguntando si sería una princesa de verdad. ¿Por qué había salido completamente sola en una tormenta como aquella?

Después de secarse, la princesa contó su historia. Se llamaba Elena y había venido de un reino lejano. Cuando escuchó la historia del príncipe Andrés, le pidió permiso a su padre para venir al castillo.

—Porque yo sé que soy una princesa de verdad —dijo.

Su padre la había enviado en un carruaje real con guardias. Durante la tormenta, cayó un rayo en un árbol, cerca del carruaje. Los caballos se asustaron tanto que se soltaron y escaparon al bosque. Los guardias corrieron detrás de ellos, diciéndole a la princesa Elena que permaneciera en el carruaje. Pero ella estaba ansiosa de ver al príncipe, así que había venido sola, a pie.

—Una princesa de verdad no se da por vencida —dijo—, ¡y yo soy una princesa de verdad!

—Lo veremos —dijo la reina.

El príncipe Andrés y el rey pensaron que la doncella debía ser una princesa de verdad, pero la reina dijo que tenían que asegurarse. Por eso, fue con dos sirvientas a una habitación y sacó todas las sábanas y mantas de la cama. Entonces, puso un guisante seco en medio de la cama. Luego, tomaron veinte colchones y los pusieron encima del guisante. Finalmente, pusieron veinte edredones de plumas sobre los colchones.

—Aquí es donde vas a dormir esta noche —le dijo la reina a la princesa.

La princesa Elena sonrió, les dio las gracias al rey y a la reina por su generosidad, y se subió a la cama.

La reina no durmió bien. Se despertó muchas veces y se metió en la habitación de la princesa para ver si dormía en la cama alta. La princesa estaba dormida, pero la reina notó que parecía inquieta y daba vueltas en la cama.

El príncipe Andrés también durmió mal. Se seguía preguntando si la bella joven era una princesa de verdad. Esperaba que lo fuera, porque creía que ya estaba enamorado de ella.

El rey durmió mal, porque se preguntaba también acerca de Elena. No sabía qué hacer si resultaba que ella no era una verdadera princesa.

A la mañana siguiente, la princesa Elena se vistió y bajó a desayunar.

—¿Dormiste bien anoche, querida? —preguntó la reina.

—Sí, su majestad —contestó la princesa—. Excepto que… ah, estoy segura de que esto me lo imaginé. Debí haber soñado que tenía piedras debajo de mí, que me llenaban de morctones. Pero esta mañana me encontré un moretón en la espalda.

—Ah —pensó la reina—, sintió el guisante a través de veinte colchones y veinte edredones de pluma. ¡Nadie que no sea una princesa de verdad podría tener una piel tan delicada!

El príncipe Andrés estaba loco de alegría, y el rey y la reina también estaban muy contentos. El príncipe Andrés se arrodilló ante la hermosa princesa.

—¿Te casarías conmigo? —le rogó.

—¡Desde luego que sí! —contestó la princesa Elena.

El rey abrió un cofre de oro lleno de joyas brillantes y dijo:

—Para mi real nuera.

La reina le dio un abrazo maternal y el príncipe Andrés abrió una caja de terciopelo para darle una magnífica sortija de diamantes y rubíes.

—¡Para una princesa de verdad! —exclamó.

La regia boda fue elegante y opulenta. Se gastó mucho dinero y se puso mucho cuidado en los festejos. Parecía como si la mitad del reino hubiera asistido, pues todos sentían mucha curiosidad por ver cómo era Elena. Ciertamente, las ceremonias eran perfectas para el más apuesto príncipe del territorio y la más bella, amable y generosa princesa de verdad.

El rey, la reina y toda la corte real estaban tan contentos que cantaron y bailaron toda la noche y no se acostaron hasta bien entrada la madrugada.

El príncipe y la princesa vivieron felices por mucho tiempo. Andrés y Elena tuvieron sólo hijas, las cuales eran princesas de verdad, que poseían toda la belleza y delicadeza de su alcurnia.

Como sabemos, la realeza de verdad no sólo tiene problemas para descansar bien de noche, sino que en su delicada piel se forman moretones con facilidad. Así que se decretó que las jóvenes princesas sólo dormirían en los más blandos colchones de plumas de ganso, ¡y que los guisantes secos estaban prohibidos en la despensa del palacio!

Blancanieves

Érase una vez una hermosa princesita cuya piel era tan pálida que la llamaban Blancanieves. Su vida podría haber sido maravillosa, pero su malvada y engreída madrastra la trataba con crueldad.

La reina era tan vanidosa, que cada día se miraba en su espejo mágico y le preguntaba quién era la mujer más bella del reino. El espejo le respondía fielmente: "Eres cruel y eres mala sin piedad, pero también eres la más bella, majestad."

Pasaron los años y Blancanieves creció. Un día, el espejo dio una respuesta muy distinta: "Eres en realidad cruel, eres mala de verdad, y Blancanieves es ahora la más bella, majestad."

A la vanidosa reina le dio un ataque de celos y desterró a Blancanieves al bosque.

Completamente sola en lo profundo del bosque, Blancanieves empezó a llorar. Tenía hambre y miedo. Estaba cansada y perdida. Un amistoso pájaro azul escuchó sus sollozos. Al mirar el corazón de la niña (como todas las aves pueden hacerlo), vio que era generosa y buena, y decidió ayudarla.

El ave aleteó suavemente sobre su cabeza y luego le fue señalando el camino hasta una cabañita en la ladera de la montaña.

Al mirar por la ventana de la choza, Blancanieves vio que la mesa estaba puesta para siete, pero los cuchillos, tenedores, platos, tazas y servilletas eran extremadamente pequeños. Tenía tanta hambre que entró sin que la invitaran y comió un poco de cada plato.

En la habitación siguiente, encontró siete camitas limpias, todas en fila. Estaba tan cansada que se tendió sobre las siete y se quedó profundamente dormida.

Poco después, los siete enanos que vivían en la cabaña regresaron a casa y se sorprendieron de encontrar tan bella huésped. Habían pasado trabajando el día en las minas de oro y diamantes, en lo profundo de la montaña. Cuando Blancanieves se despertó, les contó su triste historia.

Al mirar dentro de su corazón (como pueden hacerlo todos los enanos), vieron que Blancanieves era buena y generosa, y decidieron ayudarla.

—Quédate aquí con nosotros —le aconsejó el mayor de ellos—. Te mantendremos a salvo.

En el castillo, la reina estaba furiosa. Siempre que le preguntaba al espejo quién era la más bella, recibía esta contestación: "Eres malvada, eres vil y eres una rara belleza. Pero Blancanieves, que está en lo profundo del bosque, es sin duda la más hermosa."

Llena de rabia, la reina decidió matar a Blancanieves. Se vistió de vendedora ambulante, preparó un peine con veneno y salió de prisa. La reina atravesó el bosque como una tormenta, quebrando los arbustos y pisoteando las flores silvestres, hasta encontrar a Blancanieves, que trabajaba en el jardín fuera de la cabaña.

Con una sonrisa dulce y engañosa, la reina le ofreció el peine. La ingenua Blancanieves lo tomó agradecida, pero tan pronto como se lo puso en el cabello, cayó en un sueño profundo.

Cuando los enanos regresaron de su día de trabajo, corrieron al lado de Blancanieves.

—La malvada reina debió encontrarla y le hizo esto —dijo tristemente el más joven. Le acarició el cabello y al hacerlo, aflojó el peine.

Blancanieves despertó inmediatamente y le dio las gracias. Luego hizo pedazos el peine envenenado.

Cuando la reina regresó a casa, inmediatamente le preguntó al espejo quién era la más bella. Para su sorpresa, el espejo le dijo: "A pesar de tu plan lleno de maldad, Blancanieves sigue siendo en estas tierras la mayor beldad." La reina temblaba de ira.

Cargando una canasta de manzanas envenenadas y disfrazada de campesina, la reina volvió a la cabaña al día siguiente. Blancanieves estaba trabajando de nuevo en el jardín y la reina celosa le ofreció una de sus manzanas.

—Bueno, gracias —dijo Blancanieves—. Tengo bastante hambre y la fruta se ve deliciosa…

Se llevó la manzana a los labios y le dio un mordisco. Al instante cayó en el suelo, y la reina se alejó rápidamente, riéndose con maldad.

Ahora que estaba segura de que Blancanieves había muerto, la malvada reina corrió de regreso al castillo. Se paró frente al espejo mágico y volvió a preguntar:

—Espejo, espejo en la pared, ¿ahora quién es la más bella de todas?

El espejo le respondió: "Se ha ido la belleza de Blancanieves y tú eres la más bella que alcanzo a ver." Parecía haber un rastro de tristeza en la voz del espejo al pronunciar estas funestas palabras.

Sin embargo, la reina no se dio cuenta. El espejo le había dicho exactamente lo que deseaba escuchar. Y así, lejos de mostrar tristeza alguna, la reina se rió triunfalmente ante su buena suerte.

Los enanos regresaron esa noche a casa para encontrar que Blancanieves yacía en el suelo. Con lágrimas en los ojos, pusieron su cuerpo rígido en una blanda cama de pétalos de rosa y musgo, y se sentaron a velarla.

Con el tiempo, un príncipe joven que cabalgaba por el bosque se encontró con el grupo.

—¡Qué visión tan extraña! —se dijo el príncipe.

Detuvo su caballo y bajó de él. Se arrodilló junto al lecho de pétalos de rosa para ver más claramente a la doncella. Se quedó abrumado con la belleza de Blancanieves. Al ver su corazón (como sólo muy poca gente puede hacerlo), supo que era buena y generosa y se enamoró de ella al instante.

Mientras los enanos lo observaban, el príncipe levantó la cabeza de Blancanieves, porque anhelaba estar cerca de ella. Miró su rostro con amor y le acarició la mejilla. Mientras hacía esto, el pedazo de manzana cayó de su boca, y Blancanieves despertó.

La joven miró los ojos del príncipe y descubrió su amor por ella. Pudo ver que no sólo era un hombre enamorado, sino bueno y generoso.

Blancanieves sintió que el amor y la gratitud se agitaban en su corazón, porque el príncipe la había salvado de un cruel destino, despertándola de un sueño de muerte.

El príncipe estaba asombradísimo. Tardó varios minutos en poder hablar, pero cuando por fin lo hizo, fue directamente al grano:

—No sé cómo te llamas, doncella, pero aun así, ¿te casarías conmigo? —le rogó.

—Me llamo Blancanieves —respondió la joven, mirando primero al príncipe y después a los enanos reunidos a su alrededor. Todos ellos asentían vigorosamente, como urgiéndola a que dijera que sí—. ¡Y con mucho gusto me casaré contigo! —añadió Blancanieves con una cálida sonrisa.

Los dos fijaron la fecha para la boda, unos días más tarde. Sin poder contenerse, los enanos bailaron y se regocijaron.

¡Ay! Hubo poca alegría en el palacio, porque unos días después, cuando la reina le preguntó al espejo quién era la más bella de esa tierra, la imagen plateada le dijo: "¡Oh, reina, tú eres una rara belleza, pero Blancanieves siempre será la más hermosa!"

La reina se puso furiosa de nuevo, maldiciendo el día en que conoció a Blancanieves. Una pequeña sonrisa apareció en el rostro del espejo.

El Soldadito de Plomo

Había una vez veinticinco soldados en una caja de madera. Todos eran valientes, todos eran guapos y todos tenían un bonito uniforme azul. Pero un soldado, Guillermo, sólo tenía una pierna. Lo habían hecho al final y al juguetero se le había acabado el plomo.

Pero Guillermo se paraba tan derecho con su única pierna, como los otros con las dos, y era igual de valiente y guapo que ellos.

Le regalaron los soldados a un niño para su cumpleaños. Abrió la caja y los puso en una fila recta sobre la mesa. Guillermo miró alrededor y vio que estaba en un cuarto de juegos. Había otros juguetes en la habitación, y una caja de colores en el suelo. En el extremo de la mesa vio un castillo hecho de papel. En el portal del castillo estaba una hermosa doncella de papel. Guillermo se enamoró de ella al instante.

La doncella de papel, que se llamaba Alisa, era una bailarina. Tenía un brazo alzado sobre la cabeza y un pie tan levantado detrás de ella, que Guillermo pensó que sólo tenía una pierna, como él. La bailarina llevaba un trajecito hecho de gasa azul cielo, con una cinta en una manga.

—Ella sería una esposa perfecta para mí —pensó el soldadito. Miraba y miraba fijamente a la doncella de papel, sin poder despegar su vista de ella.

Cayó la noche y el niño colocó a todos los soldados, menos a Guillermo, en la caja. Cuando oscureció, los juguetes empezaron a jugar. El soldadito de plomo se quedó en posición de firmes y observó a Alisa. Ella estaba quieta y lo miraba por el rabillo del ojo.

De repente, la tapa de la caja de colores voló y cayó al suelo. De la caja salió un duende malo y feo, que le gritó al soldado:

—¡Deja de estar mirando a la bailarina de papel! —pero Guillermo seguía con los ojos puestos en ella—. ¡Esto me lo pagarás! —volvió a gritar el duende.

A la mañana siguiente, el niño tomó al soldado y lo paró en el alféizar de la ventana. De repente sopló el viento, probablemente por culpa del duende. Guillermo se cayó de la ventana y su gorra de cuartel quedó encajada entre las piedras de la calle.

Poco después, empezó a llover. La lluvia caía con tal fuerza y velocidad que el agua fluía por la calle en torrentes. Guillermo esperó con valentía a que parara el chubasco. Cuando terminó, dos niños encontraron al soldadito de plomo. Hicieron un bote de papel, colocaron el juguete dentro y lo pusieron a flotar canal abajo.

El canal se vaciaba en un túnel oscuro. Las aguas corrían tan rápido que el bote de papel giraba y se inclinaba peligrosamente, pero el soldadito de plomo se mantuvo firme y fue muy valiente. ¡Cómo deseaba que Alisa estuviera ahí con él! Entonces habría sido feliz.

Una rata grande que vivía en el túnel apareció junto al bote.

—¿Dónde está tu pase? —le preguntó la rata, y luego le exigió—: Dame tu pase inmediatamente.

El soldadito se quedó quieto y firme. La rata nadaba con rapidez detrás del bote, chillando y palmoteando el agua. Pero el bote volaba dando giros en la corriente.

Poco después, la rata quedó atrás. Guillermo oía el sonido de la voz de la rata, que se hacía más débil mientras el bote continuaba girando. Dejó escapar un gran suspiro de alivio.

Guillermo se preguntaba qué le tendría preparado después el duende, y si volvería a ver a Alisa. La corriente se fue haciendo más y más fuerte, y arrastraba al bote más y más rápido. Justo cuando Guillermo empezó a ver la luz del día al final del túnel, oyó un terrible rugido y un chapoteo: ¡el bote del soldadito iba directo hacia una cascada!

Sabía que el pobre bote empapado nunca sobreviviría una cascada, pero no había forma de detener la corriente. Se levantó y se mantuvo derecho en su única pierna con más valor que nunca.

Cuando el bote de papel empapado entró en la cascada, se llenó rápidamente de agua y se hundió.

—Sin duda éste debe ser mi final —pensó el soldadito de plomo mientras se zambullía rápidamente en el torbellino—. Nunca volveré a ver a la bella Alisa, ni sabré lo maravilloso que habría sido verla bailar para mí.

Dio vueltas y más vueltas. Su brillante uniforme azul llamó la atención de un gran pez que nadaba cerca. El pez se detuvo, miró a Guillermo de pies a cabeza y se lo tragó de un bocado.

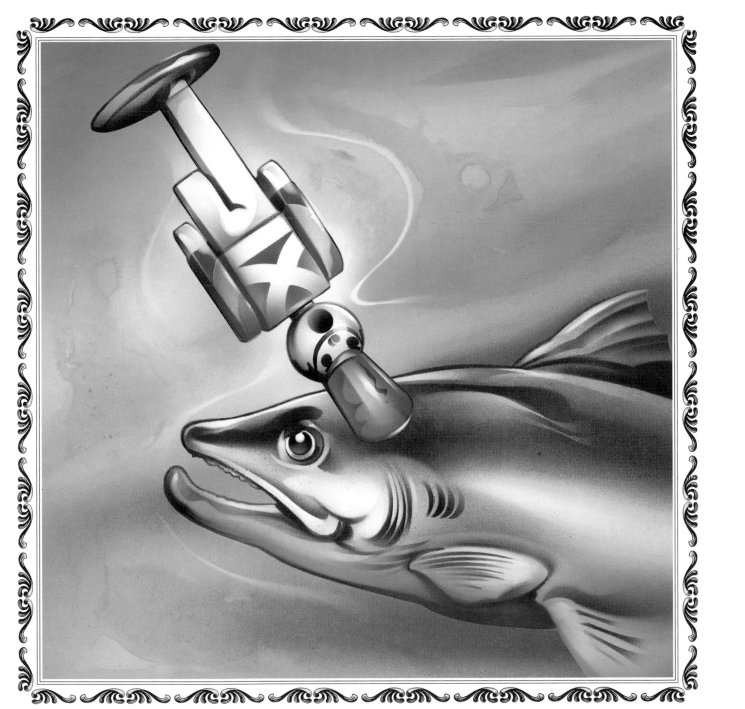

Estaba más oscuro dentro del pez que dentro del túnel, pero el soldadito se mantuvo lo más firme que pudo. El pez se movió frenéticamente por un rato y luego se quedó quieto.

Después de un largo tiempo, hubo un destello de luz como un relámpago y Guillermo volvió a ver la luz del día. Alguien había pescado el pez con su anzuelo. Ahora estaba en una cocina, y la cocinera lo preparaba para comer.

—¡Cielos! ¡Mira nada más este viejo soldadito de plomo dentro del pez! —exclamó ella. Sacó a Guillermo, lo limpió y lo llevó al cuarto de juegos.

Guillermo miró a su alrededor y vio la caja donde guardaban a sus hermanos, la caja del duende en el piso y el castillo de papel. Su corazón de plomo latió más rápido cuando se dio cuenta de que estaba en casa. El niño entró a la habitación y vio al soldadito de plomo.

—¿Dónde estabas? —preguntó el niño en tono de acusación—. Estás mojado y hueles a pescado.

De repente, abrió la ventana y lanzó a Guillermo al jardín. Guillermo cayó entre las flores y se sintió triste, pero se quedó derecho y siguió teniendo valor.

—¡El duende malo debe de estar contento! —pensó.

En ese mismo instante, una brisa leve sopló sobre él, susurrando suavemente. Sopló por toda la casa, atrapó a Alisa y la hizo volar por la ventana abierta hasta el jardín.

Con un giro pequeño y elegante, la bailarina aterrizó junto a Guillermo, entre las flores.

Se miraron con los ojos llenos de adoración y los corazones palpitantes. Entonces, se deslizaron muy cerca uno del otro.

—¿Te quedarás conmigo y serás mi esposa? —le preguntó Guillermo.

—¡Sí, para siempre! —susurró ella.

Y así se hizo. Se casaron poco después, debajo de las hojas de una planta que crecía bajita, y las flores bailaban sobre ellos, escondiéndolos del mundo. El viento susurraba suavemente, arrullando los árboles como si fuera música.

Pasaron los días y las noches. Los vientos soplaron y la lluvia y la nieve cayeron sobre el soldadito de plomo y su esposa, pero luego el sol brilló sobre ellos y los secó. A veces un gato, o un perro, o un pájaro que rondaba entre las flores y los arbustos, se encontraba con Guillermo y Alisa. Ninguno causaba problemas, pues no sabían qué hacer con el soldadito de plomo y la muñeca de papel.

Y así, Guillermo y Alisa eran felices porque, aparte de algún visitante ocasional, no había un duende malo, ni una rata gorda, ni un pez hambriento que los atormentara.

A veces, cuando la luna llena brillaba entre las ramas
en lo alto, y el aire era cálido y perfumado, la grácil Alisa
bailaba para su marido, haciendo piruetas en la suave
brisa nocturna al son de la música que producía
el viento.

Ella siempre fue fiel a Guillermo y el soldadito de
plomo la honró igualmente.

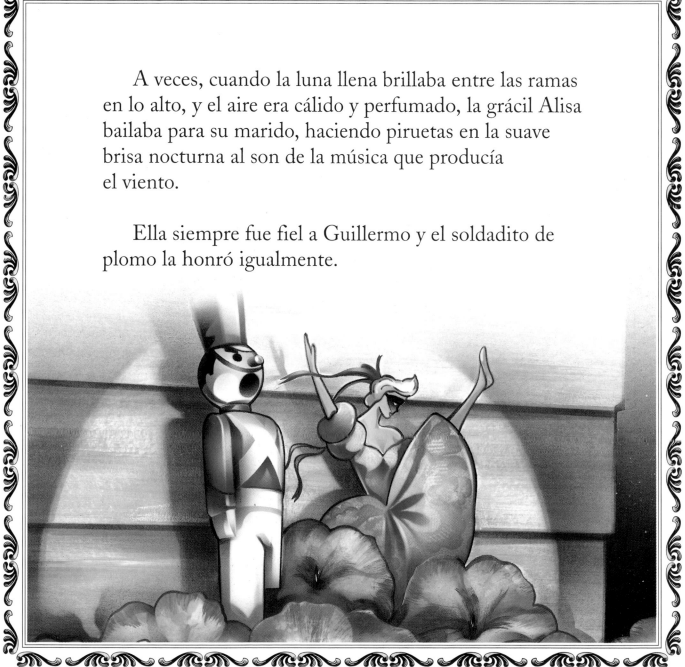

Pulgarcita

Había una vez una mujer sin hijos, que estaba ansiosa por tener una niñita. Tanto lo anhelaba, que se atrevió a pedirle a una bruja que la ayudara.

—¡Una niñita tendrás, querida! —se rió la bruja. Le dio una semilla a la mujer para que la plantara y, poco a poco, surgió una sola flor. Cuando se abrió la flor rosada, saltó de su interior la más encantadora y pequeña niña rubia. No era más grande que el pulgar de la mujer.

La llamó Pulgarcita y le dio muchos lujos, tales como una cuna hecha con la cáscara de una nuez y una manta de pétalo de rosa, y un dedal de néctar para beber por la mañana, al mediodía y en la noche.

Una noche, una sapa con verrugas en la cara se asomó a verla por la ventana.

—¡Qué novia más encantadora sería para mi hijo! —exclamó croando la madre sapa.

La vieja sapa se apoderó de la cuna en que dormía la niña y se fue saltando hasta un arroyo cercano.

—¡Croac! ¡Croac! —gritaba su hijo.

—¡Silencio! —lo hizo callar la madre mientras ponía la cuna en una hoja de nenúfar—. ¡Vas a despertarla!

Al despuntar el día, Pulgarcita se estiró, bostezó y vio que algo estaba muy mal. La madre sapa le presentó a su hijo.

—¡Yo sé que ustedes dos van a ser felices juntos! —croó la vieja sapa y luego los dos sapos se alejaron saltando para construir una nueva casa para la pareja. Pulgarcita se quedó llorando.

Unos peces oyeron los sollozos y decidieron ayudarla. Mordieron el tallo del nenúfar y Pulgarcita se fue a la deriva por el arroyo.

Mientras Pulgarcita flotaba por la corriente, un escarabajo de alas negras que volaba por ahí se fijó en ella.

—¡Qué criatura tan extraordinaria! —pensó—. Me la voy a llevar a casa.

Se abalanzó sobre ella y la arrebató para llevarla a un bosque oscuro. Sus compañeros escarabajos se reunieron alrededor de Pulgarcita y la observaron cuidadosamente.

—¡Uy! Mira todo ese pelo largo y brillante —dijo un escarabajo.

—¡Y sólo tiene dos patas! —exclamó otro.

Los escarabajos decidieron que no les hacía ninguna falta una cosa tan poco atractiva y, aunque el escarabajo que la había llevado esperaba que se pudiera quedar, la enviaron lejos. Dejaron a Pulgarcita vagando sola por el bosque, mientras los fríos vientos del invierno empezaban a soplar.

Al caminar sola por el bosque, hambrienta y temblorosa, Pulgarcita se tropezó con un pequeño agujero en el suelo.

—¿Quién está ahí? —preguntó una voz chillona. Pero Pulgarcita tenía los labios tan fríos que no podía moverlos.

—Pobrecita —dijo una ratona campesina, mientras sacaba el hocico por el agujero—. ¡Entra antes de que te mueras de frío! —la ratona podía ser muy amistosa cuando quería algo, y le ofreció a Pulgarcita un lugar para pasar el invierno.

—Pero tienes que limpiar la casa y contar cuentos a la hora del té —insistió la ratona—, y tienes que hacer lo mismo por mi vecino. Es un topo rico que, por cierto, está buscando una esposa.

En ese instante, una cabeza peluda, con lentes y un hocico rosado, asomó por la entrada.

—Bueno, ¡hablando del rey de Roma…! —chilló la ratona—. Topo, permíteme presentarte a Pulgarcita.

—Encantado —dijo el topo miope mientras hacía una gran reverencia—. Ratona, tienes que venir a ver cómo está quedando el túnel nuevo.

El topo llevó a la ratona y a Pulgarcita por un pasadizo oscuro que había estado excavando entre sus madrigueras. Por el camino, los tres pasaron junto al cuerpo congelado de una golondrina.

—No te preocupes por ella, Pulgarcita —dijo la ratona.

—Agradece que tienes brazos en vez de alas —murmuró el topo—, y más sentido común, para no dejarte morir congelada.

Esa noche, Pulgarcita regresó a donde yacía el ave. Acercó el oído a su pecho y escuchó un levísimo latido del corazón, así que cubrió a la golondrina con una manta de hierba y la rodeó con sus brazos. Después de un rato, el ave abrió los ojos.

—¿Dónde estoy? —pió la golondrina, recobrando el sentido—. ¡Me has salvado! ¿Cómo puedo darte las gracias?

Pulgarcita prometió cuidar de la golondrina hasta que estuviera lo bastante fuerte como para volar.

Mientras tanto la ratona, que quería tener una sirvienta, y el topo, que quería una esposa y una sirvienta, estuvieron de acuerdo en que Pulgarcita era lo que andaban buscando. Decidieron que cuando llegara el verano, Pulgarcita y el topo se casarían.

Llegó el día en que la golondrina pudo partir. Le pidió a Pulgarcita que se fuera con ella, pero la niña creía que no era correcto dejar a la ratona, que había sido tan buena con ella. La golondrina se despidió con un gorjeo triste y se fue volando.

Abajo, la ratona la llamó para tomar el té, y cuando Pulgarcita llegó adonde estaba ella, le contó que el topo había pedido su mano en matrimonio.

Pulgarcita se negaba a casarse con el topo, pero la ratona insistía en que lo hiciera. Poco después, llegó el día de la boda y el topo se vistió con una levita y llevó dos anillos de oro.

La pobre Pulgarcita corrió hasta llegar a la superficie.

—¡Ay! ¿Por qué no me fui volando cuando tuve la oportunidad? —lloraba.

De repente, una sombra alada le pasó por encima.

—¡Más vale tarde que nunca! —exclamó la golondrina—. ¿Vas a venir conmigo ahora?

Pulgarcita se subió a su lomo, llena de alegría, y las dos volaron al sur, hasta una tierra mágica de aguas cristalinas, arenas blancas y campos llenos de flores todo el año.

La golondrina bajó a Pulgarcita en una margarita y se fue volando. La niña miró a un lado y otro… y vio a un apuesto joven sentado en una flor cercana. Tenía alas transparentes y una corona de oro, y lo mejor de todo era que medía lo mismo que Pulgarcita. Sus ojos se encontraron y se enamoraron al instante.

—Yo soy el rey de las margaritas —dijo el joven, haciendo un amplio gesto hacia los pequeños caballeros y damas alados que los espiaban entre los pétalos de las flores—. Tengo miles de súbditos, pero ninguno es como tú. ¡Quiero que seas mi reina! —le rogó, mientras besaba la mano de Pulgarcita.

—Estaré encantada de ser tu esposa —respondió Pulgarcita.

Los súbditos del rey volaron hasta Pulgarcita y le regalaron un par de alas muy finas, que le quedaron perfectas.

Entonces la pareja voló por un cielo azul y despejado hasta las alturas donde, volando en círculos cada vez más grandes, los esperaba pacientemente la golondrina.

El
Príncipe
Sapo

Había una vez una joven princesa llamada Jade, que decidió ir a dar un paseo por el bosque. Llevó con ella a su gatita, Minerva, y su juguete favorito, una pequeña pelota de oro. Al llegar a un manantial hermoso y fresco, se sentó a descansar. Mientras Minerva perseguía mariposas, Jade dejaba caer la pelotita y la volvía a atrapar.

Después de un rato, la lanzó muy fuerte y la pelota cayó en el manantial. La princesa se asomó, pero el agua era demasiado profunda y no podía ver la pelota de oro.

—¡Oh, no! —lloró la princesa—. Daría todas mis joyas y ropas lindas por recuperar mi pelota de oro.

Mientras Jade sollozaba junto al manantial, un sapo feo y verde sacó su cabeza del agua.

—¿Qué te pasa? —le preguntó—. ¿Por qué lloras?

—No puedes ayudarme —le dijo ella—. No eres más que un sapo feo.

Pero el sapo le dijo que podía traerle su pelota. Todo lo que quería a cambio era vivir con ella, comer de su plato y dormir en su cama. Bueno, esto parecía muy extraño, pero Jade pensó que el sapo nunca iría al palacio, de modo que asintió.

El sapo nadó hasta el fondo del manantial, trajo la pelota de oro en su boca y la dejó caer a los pies de la princesa.

Jade estaba tan contenta que tomó la pelota de oro y corrió a casa con Minerva, olvidándose del sapo. Después de todo, ¿cómo podía un sapo dejar su hogar en el manantial?

—¡Espera! —gritó el sapo detrás de ella, pero Jade siguió corriendo.

Al día siguiente, justo cuando la familia real se sentaba para cenar, alguien tocó la puerta. La princesa misma la abrió y, para su sorpresa, ahí estaba el sapo, que empezó a cantar:

—Princesa, mi princesa. Quiero honrar nuestro trato. Dormiré en tu misma cama y comeré en tu mismo plato.

La princesa se sintió tan asustada al verlo, que cerró la puerta y volvió a la mesa.

—¿Quién era? —preguntó el rey.

—¡Qué cancioncita tan extraña! —comentó la reina.

Cuando Jade les contó la historia, el rey hizo un gesto negativo con la cabeza y le dijo:

—Si le diste tu palabra, tienes que cumplirla, Jade.

Su mamá estuvo de acuerdo, así que Jade regresó a la puerta y lo dejó entrar. El sapo vino dando saltos y dejando charcos por el suelo de mármol. Luego, dio un gran brinco y se sentó a la mesa, junto a Jade.

—Acerca tu plato para que yo pueda comer de él —le pidió, y Jade lo hizo. Al terminar, Minerva y el sapo la siguieron por las escaleras de mármol hasta su habitación.

Jade estaba segura de que no conciliaría el sueño con el sapo en la cama. Pero el sapo se enrolló en el borde de las mantas y se quedó bastante lejos de ella, así que los tres durmieron profundamente.

Cuando llegó la mañana, el sapo hizo una pequeña reverencia, bajó saltando las escaleras y salió con dirección al bosque. Jade abrazó a Minerva y respiró aliviada.

—Ése es el final del sapo —le dijo a su gata.

Pero la noche siguiente, justo cuando la familia real se sentaba a cenar, se oyó tocar la puerta.

Jade la abrió y ahí estaba el sapo feo y verde igual que antes, y volvió a cantar su canción. Sin dar tiempo a que Jade pudiera decirle que se largara, entró a saltos, hizo charcos por el suelo y brincó a la mesa como antes. Minerva bufó y arqueó el lomo, pero Jade le acercó el plato al sapo.

Cuando terminaron, el sapo brincó por las escaleras de mármol detrás de ella y cayó de una salto en su cama. Esa noche, a Jade no le importó mucho el sapo. Después de todo, era un sapo cortés y cantaba muy bonito.

A la mañana siguiente, el sapo volvió al bosque. La tercera noche, estaba de regreso.

Jade se empezaba a preguntar si el sapo se iba a quedar a vivir con ella. Creía que esto no estaría tan mal, porque el sapo parecía bueno y podría ser un buen amigo. Ni siquiera a Minerva le molestaba ya como antes.

Como de costumbre, el sapo comió de su plato y se subió a su cama la tercera noche. Pero antes de que la princesa se durmiera, cantó otra canción:

—Como has cumplido tu promesa, al alba recibirás una sorpresa.

Por largo rato antes de dormirse, Jade se preguntó de qué se trataría. ¿Qué querría decir el sapo?

Cuando Jade se despertó al amanecer, se quedó pasmada al ver al príncipe más guapo que pudiera haberse imaginado. Estaba de rodillas, mirándola junto a su cama. El sapo se había ido.

El príncipe se llamaba Rolando y le contó que, hacía mucho tiempo, había sido encantado por un hada mala. El hada lo había convertido en sapo y lo había arrojado al manantial del bosque.

—Seguirás siendo un sapo —le había dicho—, hasta que alguna princesa te deje comer de su plato y dormir en su cama por tres noches.

—¡Y tú lo hiciste! —exclamó el príncipe Rolando—. Ven al reino de mi padre y cásate conmigo. ¡Te voy a querer toda la vida!

Jade apenas podía creer lo que estaba pasando.

—¡Sí! —le contestó—. ¡Me casaré contigo!

Corrieron al piso de abajo para darles la maravillosa noticia al rey y a la reina. Los padres de Jade estaban sorprendidos de ver a un príncipe extranjero en su casa. Pero Rolando les explicó acerca del encantamiento y el hada.

—¡Y esta mañana, él estaba ahí, arrodillado junto a mi cama! —exclamó Jade—. Y supe que me quería casar con él. Hasta cuando era todavía un sapo, empecé a tenerle cariño. Una apariencia fea no puede ocultar la bondad y la amabilidad.

Los padres de Jade dieron su bendición a la joven pareja y las gracias al príncipe Rolando.

—Le has enseñado a mi hija Jade no sólo el significado de tener paciencia, sino la importancia de cumplir su palabra —dijo el rey.

Poco después, la princesa Jade y el príncipe Rolando se casaron en una hermosa ceremonia de palacio. Casi todos los habitantes de los alrededores del reino vinieron a ver al príncipe que se había transformado milagrosamente de sapo en un apuesto joven, gracias a la buena acción de Jade.

Luego, en una despedida llena de lágrimas, la pareja partió hacia el país natal de Rolando, donde sus padres, el rey y la reina de esas tierras, les dieron la bienvenida.

A partir de ese día, Jade tuvo mucho cuidado
de tratar bien a los animalitos del bosque, porque
nunca podía estar segura de cuáles estaban
embrujados y cuáles no.

Pinocho

Hace mucho tiempo, un artesano viejo y pobre llamado Geppetto pasaba los días creando espléndidos muñecos de madera y marionetas. Sus mayores alegrías se las daban, aparte de su perro, Policía, los ojos brillantes y la risa emocionada de los niños que jugaban con sus juguetes. Estaba contento con su trabajo y su vida, pero tenía un deseo secreto: ser padre algún día de un niño de verdad.

Un hada de alas azules quería recompensar a Geppetto por su buen corazón. Movió su varita mágica mientras el juguetero tallaba una figura en un pedazo de madera de pino suave y fresco. La pequeña marioneta parecía cobrar vida y se reía y se agitaba en sus manos.

—Eres la mejor marioneta que he hecho —dijo Geppetto cuando terminó—. ¡Te llamaré Pinocho! ¡Quédate quieto ahora para poder pintarte, querido niño!

Tan pronto como el artesano hubo terminado, Pinocho saltó y corrió por toda la habitación. Deseosa de ver el mundo entero, la despreocupada marioneta salió corriendo por la puerta y llegó a la plaza de la aldea. ¡Qué lugar tan maravilloso: tiendas, vendedores de fruta, pan y salchichas! Se lanzó entre la multitud, mirando todos los puestos y escaparates.

Geppetto y Policía corrieron detrás de Pinocho, pensando que podría meterse en problemas. ¡Y por supuesto que lo hizo! Por mirar para arriba y no de frente, Pinocho no vio un carrito cargado hasta el tope con ruedas de queso. Con un choque y una caída, la marioneta y el queso se encontraron.

Pinocho corrió, y detrás de él corrió el alguacil del pueblo. El guardia pescó a Pinocho por el cuello y dijo:

—¡Éste necesita estar en la escuela y no metido en problemas!

Geppetto sabía que Pinocho tendría que ir a la escuela, así que vendió su único abrigo para comprarle un libro de texto. Se lo dio y le dijo:

—Pinocho, para ser como un niño de verdad, debes ir a la escuela. Vc y llévate a Policía para que te guíe.

Pinocho partió hacia la escuela, con Policía siguiéndolo a corta distancia. En la esquina, oyó la música de un teatro de marionctas y se detuvo a ver el espectáculo. Policía sabía que Pinocho no debía quedarse, así que empezó a gruñir y a tirar de la manga del muñeco.

—¡Déjame, Policía! Quiero mirar —le dijo Pinocho. Pero Policía sólo gruñía más alto.

El ruido interrumpió la función y el señor Grumbolo, el titiritero, se enojó. Les gritó a Pinocho y a Policía, y los ahuyentó.

Pinocho y Policía se fueron. A la vuelta de la esquina, se encontraron con un astuto zorro. Cuando el zorro oyó que Pinocho iba a la escuela, movió negativamente la cabeza y se rió.

—¡Oh no, no, mi amigo! Eso no es para ti. Los niños de verdad no quieren ir a la escuela, sino navegar por el Mar de los Truhanes hasta la Isla de los Escapados, donde se divierten y juegan todo el día. Puedo venderte un boleto, si quieres.

A Policía no le interesaban las ideas del zorro e intentó decírselo a Pinocho. ¡Pero algunas marionetas no hacen caso! En un abrir y cerrar de ojos, Pinocho vendió su libro para comprar un boleto para la Isla de los Escapados. ¡Iba a ser un niño de verdad y a divertirse!

Cuando el zorro se fue, apareció el hada de las alas azules y le preguntó al muñeco:

—Pinocho, ¿por qué no vas a la escuela?

—¡Oh, pero sí voy! Es que… estaba ayudando a este amigo a orientarse —y con esa gran mentira, la nariz de Pinocho le empezó a crecer tan pero tan larga, que una mariposa voló y se posó en ella.

Pinocho empezó a llorar. Prometió ser bueno e irse derecho a la escuela. El hada lo perdonó y, con un movimiento de su varita, le regresó su antigua nariz.

Cuando Pinocho llegó a la escuela, se encontró con Vilito, un niño que salía para la Isla de los Escapados. Pinocho, sin pensar en Geppetto ni en el hada, y sin escuchar a Policía, se fue también.

Al principio, la Isla de los Escapados le pareció maravillosa. Todo era carnavales y dulces y bicicletas, y no había nadie que diera órdenes. Pinocho y Vilito jugaron todo el día. Policía se mantenía cerca, pero no participó en la diversión.

Se detuvieron cerca de un lago para descansar. Pinocho metió la mano en el agua para beber y vio su reflejo. ¡Cielos! Le habían crecido las orejas y una cola como de burro. Se volvió hacia Vilito y vio que lo mismo le estaba pasando a él y a todos los niños de la isla. Pinocho gritó:

—¡Socorro, ayúdeme alguien!

El hada de las alas azules volvió a aparecer ante Pinocho.

—Muñeco tonto —le dijo—, ¡deja de comportarte como un burro y ve a buscar a tu pobre padre que llora por ti!

Con un movimiento de su varita, el hada le quitó las orejas y la cola de burro. Envió a Pinocho a la playa, desde donde vio a Geppetto a lo lejos, en un botecito en el mar. Como cualquier padre, buscaba sin descanso a su hijo perdido.

Cuando Pinocho lo llamó, el agua empezó a agitarse terriblemente y a soltar espuma. De las profundidades del mar emergió una enorme ola y con ella un pez gigante que se tragó a Geppetto, con botc y todo.

Pensando sólo en su padre, Pinocho se zambulló en el agua, nadó hasta el pez y sin dudarlo ni un segundo, se le metió de un salto dentro de la boca.

Dentro de la barriga del pez, Pinocho y Geppetto se abrazaron y bailaron con alegría. Se sentían muy contentos de estar juntos. Pero, ¿y para salir?

Geppetto pensaba y pensaba, pero no se le ocurría ningún plan. Mientras estaban sentados pensando, oyeron un ruido retumbante que parecía venir de todas partes.

—¡Son ronquidos! —exclamó Pinocho—. ¡El pez duerme! ¡Ven, papá, cuando abra la boca y ronque, nos deslizamos por la lengua y nos escurrimos entre sus dientes!

Y eso fue exactamente lo que sucedió. En un momento, los dos volvieron a estar libres.

Pero seguían lejos de la playa y Geppetto no nadaba bien. La pequeña marioneta sostuvo a su padre y lo remolcó hasta la orilla.

Geppetto despertó en la playa con el suave roce de las olas a sus pies. A su lado se encontraba Policía, vigilante y leal. Y en su regazo estaba… ¿qué cosa? ¡Un niño! No una marioneta ni un muñeco de madera, sino un niño de carne y hueso.

Y así Pinocho aprendió la lección más sencilla y la más importante de todas: ser una persona de verdad quiere decir, ni más ni menos, que amar y preocuparse por los demás.

El Traje Nuevo del Emperador

Hace muchos años, había un emperador llamado Pardonio. Vivía en un espléndido palacio y le encantaba la ropa. Le gustaba tanto que hacía que los sastres le cosieran un traje nuevo todos los días. Le gustaban sobre todo los colores, y su mayor deleite era combinar fabulosos rojos, púrpuras, azules y amarillos.

La mayoría de los otros reyes y emperadores estaban ocupados gobernando sus tierras. Sin embargo, Pardonio siempre estaba en sus vestidores o desfilando por los jardines del palacio para exhibir sus ropajes.

Muchas personas iban a visitar la ciudad que Pardonio gobernaba y ahí la vida estaba llena de regocijo.

Un día, dos ladrones extremadamente listos llegaron a la ciudad. Los ladrones se hicieron pasar por famosos tejedores.

—Podemos tejer una fina tela para usted —le dijeron a Pardonio, que los invitó a la corte por curiosidad—. Será digna de su imperio. Los hilos de la tela se cosen tan finos que sólo las personas inteligentes los pueden ver. ¡Los que son tontos o ineptos para ocupar un cargo no pueden verla!

El emperador pensó que ésta sería una excelente forma de saber quién no podía hacer bien sus tareas en el palacio. Inmediatamente contrató a los dos ladrones.

Pardonio les dio una gran cantidad de dinero y encargó los hilos de seda y lino más caros para que ellos los tejieran.

Los tejedores colocaron grandes telares y fingían tejer, pero sus lanzaderas estaban vacías. Todo el hilo caro y el dinero fueron directamente a sus bolsillos.

Día y noche trabajaban, se subían a escaleras para alcanzar la parte de arriba de los telares y movían las manos en el aire fingiendo tejer la fina seda.

—¡Lo ven! —explicaban—. ¡Somos los únicos tejedores en la comarca que podemos hacer esta tela!

Cuando no tenían a nadie cerca, descansaban y se reían a carcajadas porque se estaban haciendo ricos.

Pardonio quería ver la nueva tela, pero tenía un poco de temor de hacerles una visita a los tejedores.

—¿Y si no puedo verla? —se preguntaba—. Quizá no sea digno de ser emperador.

Así que le pidió a su viejo y fiel ministro, Percival, que inspeccionara el trabajo por él. Percival fue al salón de tejer. Los ladrones estaban trabajando en sus telares vacíos.

—¡Ay, Dios mío! —pensó el ministro—. ¡No puedo ver nada! —pero a Percival le gustaba su trabajo en el palacio, así que fingió que veía la maravillosa tela.

—¿Le gusta, señor? —preguntaron los dos ladrones—. ¿No son exquisitos los colores? ¿No es maravilloso el diseño?

—¡Claro que sí! —contestó el viejo ministro y esforzó la vista, tratando de distinguir la tela. Percival regresó al palacio y le contó al emperador lo maravillosa que era.

Un poco después, Pardonio volvió a sentir curiosidad acerca del progreso del trabajo. Esta vez envió a otro de sus fieles funcionarios, Gaylord, a ver la tela. Como le había pasado a Percival, Gaylord no vio nada, pero fingió que podía ver la tela, que no existía. Le informó al emperador que era maravillosa.

Por fin, Pardonio no pudo esperar más: llamó a los ladrones a la corte y les dijo que se estaban tardando mucho.

—¡Ah, sí! —contestó uno de ellos—. Se requiere tiempo y una destreza especial para tejer una tela tan fina.

Pardonio decidió finalmente ir a verla. Convocó a diez de sus funcionarios, entre ellos Percival y Gaylord. Fueron al salón de tejer, donde los artesanos impostores aparentaban trabajar duramente.

—¡Es magnífica! —dijeron los funcionarios—. ¡Vea, su majestad! ¡Qué diseño!

Pero el emperador no podía ver nada. Se lamentó por dentro, pensando que seguramente no era digno de gobernar su reino. En voz alta, dijo:

— ¡Los colores son sencillamente fabulosos! —¡y todos estuvieron de acuerdo!

Los ladrones le pidieron más dinero y más hilo para terminar el trabajo y Pardonio se los dio. Hasta pidió dos condecoraciones de caballería para que los tejedores las llevaran en sus chaquetas.

Poco después se celebraría la Gran Procesión Anual en la ciudad. Pardonio les pidió a los ladrones que le hicieran inmediatamente un traje real con la tela. Se gastaron muchas velas mientras los dos trabajaban durante la noche, cortando y midiendo el aire vacío. Sus agujas iban y venían, pero no había hilo en ellas.

Justo antes de la gran procesión, anunciaron:

—¡Ya está listo el traje nuevo del emperador!

Los ladrones llamaron a Pardonio a su salón y lo ayudaron a quitarse toda su ropa. Luego, fingieron vestirlo, pieza por pieza, con el maravilloso traje nuevo. Fingieron ajustarle algo en la cintura y ponerle un manto sobre los hombros. Levantaron sus brazos, como si alzaran una cola pesada, y se la dieron a los pajes del emperador para que la cargaran.

Los ladrones le dieron vueltas a Pardonio ante el espejo y le dijeron que se veía magnífico. Toda la concurrencia opinó lo mismo.

Empezó la procesión. La gente hacía valla a ambos lados de la calle y colgaba de las ventanas para ver el traje nuevo del emperador.

Nadie podía ver el traje, por supuesto, porque no había ninguna ropa que ver. Pero todos tenían miedo de que pensaran que eran tontos, así que cada uno fingió ver el traje real. Se escucharon muchos ¡oh! y ¡ah! entre la multitud.

Los niños vinieron también a ver al emperador. Un chico listo, de mirada traviesa y divertida, gritó:

—¡El emperador no tiene nada puesto!

De repente, todos se dieron cuenta de la verdad. La tela mágica no era sino aire. Pardonio sabía también que esa era la verdad, pero siguió caminando y terminó la procesión. Cuando llegó al palacio, los ladrones estaban lejos y se habían llevado su dinero.

—¡Soy un viejo tonto! —sollozaba Pardonio, avergonzado—. Mis súbditos ahora saben lo mal gobernante que he sido. ¿Cómo podrán perdonarme mi vanidad y mi ceguera? Me he puesto yo mismo en ridículo. ¿Cómo puedo volver a ganarme su respeto?

En ese instante, el emperador resolvió que sería un hombre mejor. No permitiría ya que su pasión por la ropa nueva interfiriera con sus reales deberes de dirigir y servir a su pueblo. Al día siguiente, llamó al niño a la corte.

—Tú viste lo que nadie más admitía ver —le dijo Pardonio—. De ahora en adelante, debes vivir conmigo en el palacio y avisarme cuando esté a punto de hacer algo tonto.

Muchas veces el emperador estuvo al borde de hacer algo ridículo o vergonzoso, como pedir una docena de pares de botas nuevas cuando tenía un armario lleno de ellas, u ordenar unos cubiertos nuevos de plata, teniendo cuchillos y tenedores de oro puro sin tocar en sus estuches. El niño siempre tiraba de la manga del emperador y le susurraba al oído.

Y así Pardonio, con la ayuda del chico, llegó a ser conocido como uno de los emperadores más sabios.

La Sirenita

En la parte más profunda y oscura del océano, vivía el viejo rey del mar con sus seis hijas sirenas y la abuela de ellas. El rey del mar gobernaba a todas las criaturas del océano con sabiduría y bondad.

La menor de sus hijas, la princesa Melodía, tenía los ojos azules, el cabello largo y rubio, y una hermosa voz. Quienes la oían se detenían, escuchaban y sonreían. Nadie podía resistir la belleza de su voz.

Como era una sirena, Melodía en lugar de piernas tenía una cola de pez que la ayudaba a nadar debajo del agua y a jugar con su amigo delfín.

La abuela les contaba muchos cuentos a las jóvenes sirenas mientras éstas se reían y se peinaban sus largos cabellos. Las sirenas hacían que la abuela les contara sus historias favoritas una y otra vez. Algunos de los mejores cuentos eran sobre criaturas extrañas llamadas humanos, que vivían sobre la tierra y caminaban con piernas.

A las sirenas se les permitía nadar a la superficie el día en que cumplían dieciséis años, para ver a esas extrañas criaturas. ¡Melodía apenas podía esperar!

Cuando llegó el día, la abuela llamó aparte a Melodía para aconsejarla:

—Melodía, hoy es un día muy especial para ti. Puedes nadar a la superficie y ver a los humanos, pero no puedes hablarles, y debes regresar inmediatamente.

La sirenita nadó a la superficie con la mayor rapidez que le permitía su ágil cola.

*C*uando Melodía llegó a la superficie del mar, vio un barco anclado en la distancia. Nadó hacia él y se asombró de ver tantas criaturas extrañas con dos piernas, caminando y bailando en la cubierta del barco.

Una de las criauras era un príncipe alto y guapo. Melodía supo que era un príncipe porque llevaba una corona en la cabeza. La sirenita suspiró:

—¡Ay! Creo que estoy enamorada de ese ser maravilloso.

En ese momento resplandeció un rayo, el cielo se oscureció y las olas crecieron. Una tormenta alzó el barco en lo alto del oleaje y luego lo partió en dos. El mástil del barco golpeó al príncipe en la cabeza y lo arrojó fuera del barco. Estaba muy atontado para nadar y empezó a hundirse en el mar.

La corona de Melodía se resbaló mientras la sirenita corría a rescatar al príncipe, pero su amigo delfín la atrapó con la boca. Melodía llevó al príncipe a la playa más cercana. Él tenía los ojos cerrados y no pudo ver quién lo había salvado, pero la oyó cantar mientras nadaba. Melodía dejó al príncipe en la playa y volvió a nadar al mar.

Esperó para ver quién iría a ayudar al príncipe. Poco después, unos niños lo encontraron tendido en la arena. Llamaron a su mamá, quien lo reconoció y corrió al palacio a dar la noticia de que el príncipe estaba vivo. Todos en la corte creían que había muerto en la tormenta.

Melodía volvió al lado de sus hermanas, con lágrimas en los ojos.

—¡Ay, cómo me gustaría ser como las criaturas humanas! —sollozaba.

—No puedo olvidar a mi hermoso príncipe. Necesito tener piernas para estar con él —le lloraba Melodía a su abuela, y ella le dijo que sólo un hechizo de la bruja del mar podría ayudarla.

Así que Melodía fue a ver a la bruja del mar a su caverna, protegida por dragones marinos. La bruja estuvo de acuerdo en ayudar a Melodía. Le daría piernas humanas, pero a cambio de ello la sirenita tenía que entregarle su magnífica voz. Melodía se entristeció, pero estuvo de acuerdo con el trato.

La bruja del mar le dio una copa de plata con una poción mágica y dijo:

—Divídete en dos, cola de pez, cola de pez. Dale a esta sirenita dulce y buena piernas y pies.

Mientras cantaba su adiós, Melodía sintió que la cabeza le daba vueltas.

Cuando Melodía abrió los ojos, estaba sentada en una playa arenosa y en vez de una cola tenía dos piernas humanas. Se dio cuenta de que éste era el lugar donde había dejado al príncipe.

El príncipe caminaba por la playa ese día y al verla se acercó.

—¿Quién eres? ¿De dónde vienes? —le preguntó.

Melodía trató de contestar, pero no tenía voz. Sólo podía hacer gestos con las manos.

—No te preocupes —le dijo el príncipe—. Yo soy el príncipe Enrique. Puedes ir al palacio conmigo —la llevó a su casa y fue bueno con ella. Pero seguía deseando conocer a aquella mujer de la hermosa voz que lo había rescatado.

Melodía y el príncipe Enrique se veían todos los días. Daban largos paseos por la playa y a veces salían a navegar en el barco real. A Melodía le encantaba sentarse y mirar al príncipe.

Como había perdido su bella voz, Melodía no podía hablar ni cantar. Usaba gestos para explicarle al príncipe Enrique lo que quería decir. El príncipe estaba encantado al verla "hablar" con sus manos.

Los días y las noches estaban llenos de risas y el príncipe Enrique se aseguraba de que todos en el palacio trataran bien a Melodía, que era su mejor amiga.

Melodía era feliz con sus piernas y su recién hallado príncipe, pero la bruja del mar no estaba contenta con su nueva voz.

La bola de cristal que usaba para planear sus hechizos no respondía a sus mandatos, sin importar lo feroz que tratara de sonar. Los peces y las criaturas del océano ya no le temían, ahora que su voz era tan dulce y suave. Nadaban alrededor de la cueva y dentro de ella, jugando a los encantados con los dragones guardianes.

Ya nadie la tomaba en serio. Su dulce y hermosa voz cancelaba los encantamientos que trataba de hacer.

—¡Esto no puede seguir! —declaró finalmente—. ¡Debo recuperar mi temible voz!

Una mañana, la sirenita y el príncipe navegaban en el barco real. Melodía oyó que la bruja del mar cantaba:

—Melodía, Melodía, el trato se rompió; quédate con tus piernas, pero devuélveme mi voz.

Melodía abrió la boca y, para sorpresa de todos, de ella salió una hermosa y dulce canción. El príncipe reconoció inmediatamente la voz de la joven que lo había salvado. Le pidió que se casara con él ese mismo día.

La boda se celebró en la cubierta del barco, mientras el rey del mar, la abuela, las hermanas de Melodía y sus otros amigos del océano observaban. Luego, el barco navegó hacia el horizonte, donde se ponía el sol, con dirección a tierras exóticas.

El Libro de la Selva

Papá lobo despertó de su siesta en la cueva y observó a mamá loba jugando con sus cachorros. El viento trajo el rugido de un tigre furioso.

—Es Shere Kan —dijo papá lobo—. Escuchen, caza al hombre esta noche.

—¿Tiene que comerse al hombre en nuestro territorio? —se quejó mamá loba. Era en contra de la ley de la selva, después de todo. Podían oír al tigre cuando atacaba; luego un agudo lamento que se desvanecía en la selva les dijo que la presa del tigre había escapado. Los arbustos que había fuera de la cueva crujieron y papá lobo salió a ver qué producía el sonido.

—¡Un cachorro de hombre! —exclamó asombrado—. ¡Miren!

Mamá loba vio al bebé, apenas de la edad en que empiezan a caminar, en la entrada de la cueva.

Papá lobo lo levantó con su poderoso hocico y lo acostó suavemente en la cueva. El niño gateó a donde estaban los cachorros y poco después jugaban todos juntos.

—Es tan pequeño… —dijo suavemente mamá loba—. Quisiera quedarme con él. Lo voy a llamar Mowgli, "ranita", porque no tiene pelo en la piel.

De repente, la gran cabeza de Shere Kan asomó a la entrada de la cueva, y se oyó su voz rugiente:

—¡El cachorro de hombre es mío! ¡Dámelo!

—Nosotros los lobos somos un pueblo libre —contestó mamá loba—. Nos vamos a quedar con él y lo vamos a criar con nuestros propios cachorros. ¡Vete!

—¿Qué dirá la manada de lobos? —preguntó el taimado Shere Kan, pero los lobos se quedaron callados.

Después de que el tigre se fue, mamá loba se preguntó qué diría la manada, pero por el momento el bebé daba volteretas y jugaba con sus propios cachorros. Comía y dormía con ellos y se mantenía caliente contra la piel de mamá loba.

Cuando los cachorros y Mowgli fueron lo bastante mayores para correr, papá lobo los llevó a la cima de una colina para el concejo de la manada. Su líder era Akela, un lobo pardo, fuerte y listo. Llamó a cada cachorro para que la manada los examinara. Cuando le tocó su turno, Mowgli se sentó en el centro, examinándose los dedos de las manos y los pies.

De repente, se escuchó un rugido que venía de las rocas. Los lobos oyeron la voz de Shere Kan, que gritaba:

—¡Denme el cachorro de hombre! ¡Es mío!

—Nosotros, el pueblo libre, lo decidiremos —le gruñó Akela. Se volvió hacia la manada y preguntó—: ¿Quién responde por este cachorro? —era una ley de la selva que dos miembros de la manada, que no fueran sus padres, respondieran por un cachorro si había una disputa.

—¡Yo respondo! —dijo Balú, un oso pardo que formaba parte de la manada porque enseñaba las leyes de la selva a los cachorros—. Un cachorro de hombre no hace ningún daño. Déjenlo que corra con la manada. Yo le enseñaré lo que necesite saber.

—Ha hablado nuestro maestro de cachorros —dijo Akela—. ¿Alguien más?

Una sombra negra cayó en el círculo. Era Baguera, una pantera negra como el carbón.

—No tengo derecho a estar en esta reunión —ronroneó Baguera—, pero sé que se puede comprar un cachorrito para la manada. Les daré un toro acabado de matar si aceptan el cachorro de hombre —Baguera era sabia y bondadosa, y no quería que dejaran a Mowgli solo en la selva.

Las voces se alzaron, luego uno gritó:

—¡Vamos a aceptarlo! Nunca sobrevivirá solo bajo el sol que quema ni en las lluvias de invierno.

—Los hombres y sus cachorros son sabios —dijo Akela—. Con el tiempo, puede llegar a ayudarnos.

Así, Mowgli pasó a ser miembro de la manada de lobos, y se escuchó rugir a Shere Kan furioso en medio de la noche.

Mowgli era feliz viviendo entre los lobos. Balú y papá lobo le enseñaban todos los secretos de la selva. Cuando Mowgli no estaba ocupado aprendiendo, se sentaba al sol y comía o dormía. Cuando hacía mucho calor, nadaba en los estanques del bosque. Balú le enseñó dónde encontrar miel y nueces. Baguera lo enseñó a esconderse en las profundas sombras de la selva.

A veces, Mowgli sacaba espinas de las patas de sus amigos, o arrancaba cardos de sus largos pelajes. En ocasiones bajaba por la ladera a mirar las chozas de barro de la aldea. Observaba a los niños de los aldeanos, que se parecían más a él que los lobos. Se preguntaba cómo sería jugar con ellos.

Mowgli creció y creció. Era fuerte y estaba contento, pero a veces no sabía si era un lobo o un humano.

Un día, Baguera y Mowgli estaban en la selva cuando la pantera le dijo:

—Sabes que Shere Kan es tu enemigo y ahora puedes tener otros enemigos más peligrosos.

Le dijo que Akela estaba envejecido y débil. Ese mismo día había dejado escapar un ciervo. Ahora la manada estaba lista para elegir un líder joven que ocupara el lugar de Akela.

—Shere Kan les ha enseñado a algunos lobos jóvenes que el cachorro de hombre no debe estar en la manada —dijo Baguera—. Temo que estés en peligro. Ve a la aldea y trae un poco de la flor roja. Te protegerá.

Esa noche, Mowgli fue a la aldea y vio a un niño que cuidaba una olla de rojos carbones ardientes junto a su choza. Cuando el niño se durmió, Mowgli tomó la olla y regresó corriendo a la selva. Ahí, le echó ramitas y cortezas secas, como había visto que lo hacía el niño. Metió una rama seca en la flor roja y vio que uno de sus extremos se quemaba.

Todo ese día, Mowgli se sentó en la cueva a atender su olla de fuego. Al caer la noche, Mowgli fue llamado al concejo en la cima de la colina. La manada se había reunido, pero Akela estaba sentado a un lado.

—¡Un nuevo líder! —gritaban unos y otros—. ¡Akela está muy viejo, muy débil!

—¡El cachorro de hombre! —rugió Shere Kan, que estaba en unas rocas más arriba—. ¡Dénmelo!

Los lobos corrieron hasta Mowgli, vociferando:

—¡Sí! ¡Sí! ¡Vamos a entregárselo a Shere Kan para que lo devore!

Pero Mowgli era demasiado rápido para ellos. Tomó la olla de fuego y giró la flor roja en un amplio círculo. Algunos de los carbones ardientes volaron y unos manojos de hierba empezaron a arder, asustando a los lobos. Luego, para que sintieran verdadero temor en sus corazones, Mowgli hundió una rama en su olla de fuego. En el extremo se encendió una llama. La agitó delante de Shere Kan y la manada, y todos huyeron llenos de terror.

Aunque se había salvado y afirmó su poder, Mowgli sabía que de alguna forma había cruzado una línea invisible entre ser un animal y ser un humano.

—Ahora tengo que irmc a la aldea —le dijo Mowgli a mamá loba y papá lobo—. Ya no soy parte de la selva. Es en la aldea donde, de ahora en adelante, debo vivir entre los otros humanos.

—Te hemos querido mucho —le dijeron—. No nos olvides —mamá loba lo acarició con su hocico por última vez, y las lágrimas rodaban por sus mejillas peludas.

Mowgli lloró mucho y con gran sentimiento, como los niñitos cuando tienen que alejarse de las personas que quieren. Pero fue firme en su decisión de encontrar una familia de humanos con quienes vivir.

Y así, sin tener nada más que la ropa que llevaba puesta, Mowgli bajó por la ladera, en dirección de la aldea y a una nueva vida entre su propia gente. Al pie de la colina, alzó la mano para despedirse con un gesto de papá lobo y mamá loba.

Aunque nunca volvió a ver a sus padres lobos, Mowgli no se olvidó de la selva de donde venía ni de los animales que amó.

Las Doce Princesas Danzarinas

Hace mucho tiempo, había un rey y una reina de una tierra lejana que tenían doce hermosas hijas. Eran dos pares de gemelas y dos grupos de trillizas. La mayor y la menor habían nacido solas.

Todas las noches, las princesas preguntaban si podían ir a bailar, pero el rey siempre les decía que no. Entonces las encerraba en su cuarto por si acaso. Todas las mañanas, las zapatillas de las princesas amanecían hechas jirones y llenas de agujeros, como si hubieran bailado toda la noche. Nadie podía explicarse esto y las princesas no decían nada.

El rey envió un aviso por todas partes, que decía que cualquiera que pudiera resolver el misterio podría escoger a una de las princesas como esposa. Pero tenía que averiguar la respuesta en tres noches o sería encarcelado.

Muchos príncipes jóvenes de reinos distantes vinieron a intentarlo. Pero siempre se dormían antes de poder resolver el misterio y a la tercera noche los echaban al calabozo.

Un día, Miguel, un pobre chico del campo, vino a probar ventura. Había caminado mucho tiempo por los duros caminos que llevaban al castillo y tenía hambre y estaba agotado. Afuera de la entrada se encontró con una vieja vestida de harapos, que llevaba una cesta de mimbre. Estaba encorvada, buscando algo en el suelo. Miguel vio la moneda que se le había caído, la recogió y se la dio, y ella se lo agradeció humildemente. Miguel le dijo:

—No he comido nada en dos días. ¿Podría darme algo de su cesta del mercado?

*L*a vieja sonrió, mostrando su boca desdentada. Metió la mano en la cesta y dijo:

—Con gusto, pero tengo algo mejor que comida que darte. Tú me has ayudado y ahora yo voy a ayudarte. Ésta es una capa que te hará invisible. Y un consejo: no bebas nada que las princesas te ofrezcan.

Miguel se preguntó cómo sabía la vieja que había venido a resolver el misterio de las princesas. Pero tomó la capa y se lo agradeció.

Cuando llegó al castillo, Miguel pidió permiso al rey para tratar de resolver el misterio. Lo llevaron a una habitación cerca de las princesas. La mayor, Aurora, le trajo un pastelillo y una copa de vino al que había añadido, a escondidas, una poción para dormir. Miguel se comió el pan y, recordando las palabras de la vieja, sólo fingió tomarse el vino. Luego, se tendió en la cama como si tuviera sueño.

*L*as princesas empezaron a ponerse vestidos elegantes. Se cepillaron los rizos y se adornaron con joyas, riendo y cantando mientras lo hacían. Pero Alicia, la menor, sintió que algo andaba mal.

—¡Esperen! Temo que hay problemas —susurró.

—Sólo te lo estás imaginando —dijo Aurora, sin darle importancia.

Cuando estuvieron listas, Aurora caminó hasta una de las camas y tocó tres veces en la cabecera. Al instante, ésta se hundió en el suelo y en la pared se abrió un largo pasadizo que terminaba en una escalera.

—¡Vamos, pronto! —dijo una de las trillizas, y las princesas corrieron por el pasillo, una detrás de la otra.

Miguel saltó, se puso la capa que lo hacía invisible y avanzó detrás de ellas. En su prisa, pisó el ruedo del traje de Alicia.

—¡Algo se tropezó con mi vestido! —gritó la princesita.

—Te enganchaste en un clavo —se burló Aurora.

En poco tiempo llegaron a un bosque. Las hojas de los árboles estaban hechas de plata y brillaban a la luz de la luna; al entrechocar producían una música propia. Miguel arrancó una hoja de plata y la deslizó en su bolsillo.

Pasaron por un segundo bosque con hojas de oro y luego por un tercero con hojas de diamantes.

Por fin, llegaron a un castillo cuyas torres más altas estaban cubiertas de niebla. Doce apuestos príncipes esperaban afuera y escoltaron a las princesas a un salón de baile grande y hermoso. Había luces y música por todas partes, y una mesa cargada de vinos, fiambres, aves, panes, frutas, budines y pasteles.

Las princesas y los príncipes comieron y tomaron unos sorbos de vino y empezaron a bailar. Miguel comió y bebió también, pero nadie podía verlo. Cerca de la mañana, las princesas se despidieron de los príncipes y prometieron regresar a la noche siguiente. Corrieron de regreso hacia su castillo y luego escaleras arriba hasta su habitación.

Miguel había corrido antes que ellas. De vuelta en su habitación se quitó la capa y saltó a la cama.

—¿Lo ves? —dijo Aurora, asomándose—. ¡Todo está bien!

Miguel lo había pasado tan bien en el castillo encantado que decidió esperar antes de contarle al rey lo que había averiguado. La segunda noche, todo sucedió como antes. Esta vez, mientras pasaban por el bosque de las hojas de oro, Miguel arrancó una de las hojas y la metió en su bolsillo.

A la tercera noche, Miguel decidió seguir a las princesas una vez más. Esa noche, cuando pasaban por el bosque con los árboles de diamantes, arrancó una hoja y la guardó en su bolsillo. Pero la hoja crujió.

—¿Qué fue eso? —preguntó Alicia, tan alarmada que temblaba.

Pero Aurora la tranquilizó, diciéndole:

—No es nada. ¡Sólo lo imaginaste!

Las princesas bailaron hasta el amanecer y sus zapatillas volvieron a estar llenas de agujeros. Antes de que se fueran, Miguel deslizó una de las copas doradas para el vino en su bolsillo.

A la mañana siguiente, el rey llamó a Miguel a su corte. Miguel llevó las hojas de plata, oro y diamante, y la copa de oro para mostrarlas al rey.

—¿Sabes dónde bailan mis hijas hasta romper sus zapatillas? —le preguntó el rey.

Miguel le contó del castillo encantado y de los doce príncipes danzantes. El rey ordenó que vinieran las princesas.

—¿Es verdad lo que dice este joven? —preguntó el rey a sus hijas. Las princesas vieron las hojas y la copa, y se dieron cuenta de que no podrían negarlo. Además, a Aurora le gustó mucho Miguel y creía que era mucho más guapo que su príncipe encantado.

—Sí, padre, es verdad —admitió.

El rey le dijo a Miguel:

—Muchacho, has hecho muy bien. Puedes escoger a una de mis hijas como esposa y algún día, mi reino será tuyo.

Miguel les sonrió a los dos pares de gemelas, y también les sonrió a las trillizas y a la más joven, a la bella Alicia. Luego, escogió a Aurora por esposa.

Aurora sonrió y dijo que aceptaba la mano de Miguel, porque se había enamorado de él. Miguel le besó la mano y dijo, con una voz llena de sentimiento, que se había enamorado de ella desde el instante en que la vio. Los dos se arrodillaron entonces delante del rey para recibir su bendición.

Poco después, se celebró la boda real en los jardines del palacio. Aurora y Miguel se juraron amor eterno junto a la fuente ornamental del jardín.

La ceremonia fue más grandiosa y espléndida que las fiestas y los bailes en el palacio encantado.

El rey liberó de su calabozo a los príncipes que no habían podido resolver el misterio, para que asistieran a los festejos. Algunos regresaron a sus reinos lejanos, pero otros se quedaron y encontraron esposas entre… ¡las once princesas danzarinas!

Peter Pan

En lo alto de una colina en Londres, en una casa grande y cómoda vivían los niños Darling: Wendy, Juanito y Miguelito, y sus padres. Nana, una gran perra San Bernardo, velaba a los niños por la noche mientras ellos dormían en su habitación.

Una de las cosas favoritas de todos era escuchar los cuentos que mamá contaba por la noche. Ella sabía toda clase de historias y las narraba muy bien. A los niños les encantaba escuchar, a mamá le encantaba contarlos y a papá le gustaba porque esto hacía felices a los demás. Hasta a Nana le gustaba aunque, por ser una perra, no siempre los entendía.

Pero a ninguno de ellos les gustaban más los cuentos que a Peter Pan. Volaba fuera de la ventana para escuchar e imaginarse, aunque fuera por un rato, que tenía mamá.

Una noche, después de que los cuentos hubieron terminado y cuando los niños ya dormían, Peter entró a la habitación, y junto con él venía un hada diminuta llamada Campanita. La noche anterior Nana había escuchado a Peter junto a la ventana, y el niño escapó volando justo cuando Nana llegaba a la ventana, pero la perra alcanzó la sombra de Peter y la escondió en la habitación de los niños. Peter Pan y Campanita venían a recuperarla.

Peter miraba de aquí para allá en una forma cuidadosa, callada y furtiva. Campanita revoloteaba de una lado para otro como una pelota de luz que cascabeleaba, en una forma ruidosa y descuidada, nada furtiva. Justo cuando Peter encontró su sombra, regañó a Campanita:

—¡Guarda silencio, Campanita! ¡Vas a despertar a todos! —pero era demasiado tarde, porque ahí estaba Wendy, sentada y frotándose los ojos.

—¿Quién eres tú? —le preguntó la niña.

—Peter Pan —contestó con orgullo—. Sólo vine por mi sombra y Campanita me acompañó para ayudarme.

Wendy estaba muy sorprendida de enterarse de que uno podía perder su sombra, pero de todas formas le ayudó a ponérsela. Se sintió igualmente sorprendida cuando Peter le dijo que había volado de la tierra de Nunca Jamás, donde vivía con los niños perdidos y tenía muchas aventuras grandiosas. Le explicó que le gustaba escuchar los cuentos de la señora Darling y que sería maravilloso si alguien en su tierra contara los cuentos y fuera como una mamá.

Estuvieron de acuerdo en que Wendy sería una buena madre, así que despertaron a Juanito y a Miguelito, que siempre buscaban aventuras. Los rociaron con polvo de hadas para que pudieran volar, y se fueron todos.

Para llegar a la isla de Nunca Jamás, volaron sin parar toda la noche. Por el camino, Peter habló de la vida ahí, de los fieros indios, de las terribles bestias salvajes y de las dulces sirenitas que chapoteaban de aquí para allá en una tranquila laguna. Pero la mejor parte y la más atemorizante era el terrible Capitán Garfio y sus piratas.

—Le corté la mano y se la tiré a un cocodrilo —se jactó Peter. Miguelito y Juanito estaban impresionados, y Wendy estaba tan impresionada como horrorizada.

Ahora el cocodrilo deseaba comerse completo al viejo Garfio. Afortunadamente, también se había tragado un reloj hacía tiempo. El reloj seguía sonando dentro de él, así que uno lo podía oír acercarse. No había nada que Garfio temiera más que al cocodrilo con su tictac, ni nadie a quien odiara más que a Peter Pan.

Peter y los niños llegaron finalmente a la tierra de Nunca Jamás. Los niños perdidos los recibieron con gran alborozo. Todos se metieron en su escondite subterráneo. Cada niño tenía una entrada secreta por un árbol hueco. Wendy, Juanito y Miguelito escogieron cada uno un niño y lo siguieron. Wendy contaba cuentos y los niños perdidos decían cosas como:

—¡Pero qué bien narra los cuentos!

—¿No es como una mamá de verdad?

—¿No sería maravilloso tener al fin alguien que nos cuidara?

Pero poco después, todos quisieron tener una aventura, así que volvieron a la superficie… menos Peter, quien estaba celoso de la atención que le prestaban a Wendy y se quedó atrás.

Mientras los niños saltaban de los árboles, Garfio y sus piratas esperaban en silencio. Sin hacer ruido, sin siquiera decir "¡Perdón!" o "¡Te pillamos, bribón!", los piratas los atraparon uno por uno y se los llevaron a su barco, el Bandera Negra.

Fue una gran suerte que Campanita se cruzara con ellos mientras marchaban por el bosque. Iban silenciosamente para no atraer a los indios. Los piratas al frente, los niños detrás y Garfio mismo en medio, sentado cómodamente en un carro de dos ruedas y blandiendo su espada.

Campanita corrió hacia donde estaba Peter, murmurando en su voz de hadita:

—¡Si alguien puede enfrentarse a este peligro, es Peter Pan!

—¡Garfio se los llevó! —exclamó Peter cuando Campanita le dio la noticia—. ¡Qué aventura! —salió rápidamente pero en silencio, como los piratas, para no atraer a los indios, y con una gran sonrisa en los labios.

Fue un viaje terrible por el bosque, con peligros en cada rincón. Luego nadó arriesgadamente y subió por la borda del más temido barco pirata de los Siete Mares. Peter se asomó a la cubierta y vio a Wendy, Juanito y Miguelito atados al mástil, y a los niños perdidos atrapados en la red de pescar. Garfio y sus piratas bailaban alegremente, listos para hacerlos caminar por el tablón. En la distancia se oía el reloj del cocodrilo que se acercaba.

Las cosas no podían ser más peligrosas y Peter no podía estar más contento.

Con un gran grito, Peter saltó al puente.

—¡Garfio, bacalao! —lo desafió—. ¡Vamos a arreglar cuentas de una vez por todas! —desenfundaron las espadas y comenzó la gran batalla.

Aunque Garfio era más grande y más fuerte, Peter era mejor que él y fue quien ganó. El viejo capitán perdió el equilibrio y cayó al agua por la borda. El cocodrilo lo estaba esperando.

No se volvió a ver a Garfio por la tierra de Nunca Jamás y, sin su líder, los piratas tuvieron que rendirse. Algunos de los niños querían hacerlos caminar por el tablón. Sin embargo, al final fue Wendy quien decidió y dejaron ir a los piratas después de regañarlos.

Era hora de que Wendy, Juanito y Miguelito volvieran a casa, así que Peter los llevó de vuelta a su habitación. La ventana estaba abierta, como la había dejado la señora Darling. Nana ladró encantada cuando los niños entraron volando.

Wendy sabía que extrañaría mucho a Peter, y le pidió que se quedara con su familia.

—Si me quedara, tendría que crecer —dijo Peter—. ¡Y eso es algo que nunca haré!

Con esto, se alejó volando por la ventana, pero no sin antes prometerles que algún día iba a volver y los llevaría de nuevo a la tierra de Nunca Jamás.

Robin Hood

Hace mucho tiempo, en la antigua Inglaterra, el buen rey Ricardo tuvo que dejar su país para ir a la guerra. Dejó su reino a cargo de su hermano, el príncipe Juan.

—Mi gente queda en tus manos —le dijo el buen rey. Pero el príncipe Juan no se parecía en nada a su hermano: era egoísta y codicioso y cobraba impuestos al pueblo para quedarse con todo el dinero. La pobreza y el hambre arrasaron el país.

Uno de los hombres del pueblo, Robin Hood, sabía que el buen rey no hubiera permitido que esto pasara. Decidió ayudar a los pobres mientras el rey Ricardo estuviera ausente. Reunió un grupo de hombres fuertes que también tenían buen corazón. Juntos crearon un escondite en el bosque de Sherwood y se les conocía como la alegre banda de Robin Hood.

Casi todos los días, Robin Hood y sus hombres cabalgaban a Nottingham para recuperar el dinero y las cosas que el príncipe Juan y sus hombres le robaban al pueblo. El príncipe Juan estaba furioso.

—¡Tráiganme a Robin Hood y sus hombres! —ordenó al alguacil de Nottingham—. ¡Los voy a echar a todos a un calabozo!

El alguacil y sus hombres cabalgaron con las armaduras puestas en busca de Robin una y otra vez. Pero el galante joven y sus hombres siempre se escabullían en el bosque. El alguacil regresaba con las manos vacías.

Una tarde, una hermosa dama de la corte, llamada Marian, cabalgó al bosque en busca de Robin Hood. La hermosa Marian también estaba furiosa con el príncipe Juan por la forma en que trataba a sus súbditos.

Robin conocía a Marian porque la había visto muchas veces en la corte del rey. Le pidió que se acercara al fuego para calentarse y comiera con sus seguidores.

—Le van a quitar la casa y las tierras a la buena señora Gaffer por una pequeña deuda que tiene —le dijo Marian—. La deuda es de sólo doce libras esterlinas pero a ella no le queda dinero. ¡Por favor, ayúdenla!

Robin y sus hombres hicieron planes rápidamente. Robin y el Pequeño Juan, el más grande de sus hombres, se deslizaron en un gran salón del castillo, llegaron hasta las habitacions del príncipe Juan y tomaron una pequeña bolsa de monedas de oro.

Saltaron por la muralla justo a tiempo. Un sirviente había visto sus sombras a la luz de la luna y había dado la alarma. Los guardias del castillo corrieron tras Robin y el Pequeño Juan, pero era demasiado tarde.

Al amanecer, el alguacil y sus hombres salieron a registrar el campo en busca de Robin Hood y sus hombres. Recorrieron parte del bosque de Sherwood pero evitaron la espesura, porque temían que estuviese embrujado. Así que regresaron otra vez con las manos vacías.

—Tenemos bastante dinero para pagar la deuda de la señora Gaffer —dijo el Pequeño Juan mientras contaba las monedas—. El resto podemos guardarlo para ayudar a otros.

El príncipe Juan consideraba que el alguacil era un tonto.

—¿Por qué tú, con todos tus hombres, no puedes capturar una pequeña banda de forajidos? —se burló.

El alguacil estaba furioso y avergonzado, pero después de mucho pensar, empezó a surgir un plan para atrapar a los fugitivos: harían que Robin fuera a la aldea, para rodearlo y capturarlo fácilmente.

Al día siguiente, el alguacil anunció un gran concurso de tiro con arco. El premio al mejor arquero de toda la comarca sería una flecha de oro puro y cien peniques de plata.

Desde tiempo atrás se sabía que Robin Hood era un gran arquero. Sin duda, el premio sería el señuelo para hacerlo caer en la trampa del alguacil que le estaba esperando.

La doncella Marian volvió a cabalgar al bosque de Sherwood.

—No vayas, Robin —le rogó—. Es una trampa para capturarte. Escuché al alguacil y a sus hombres hablar de ello.

Robin le dio las gracias a la hermosa dama y le aseguró que no le harían ningún daño. Luego, él y sus hombres hicieron planes.

El día del gran concurso llegó gente de toda la comarca. La doncella Marian se sentó en las gradas con los otros nobles y observó la gente que entraba.

Robin y sus hombres siempre se vestían en tonos de verde y castaño, pero hoy Marian alcanzaba a ver a algunos de ellos en ropas de campesino, sin ningún color en particular. No vio señas de Robin Hood.

El campo estaba decorado alegremente y muchos arqueros famosos se reunieron para tratar de ganar el premio. Gilberto DuBois era el arquero del alguacil. Adán Wicker, Guillermo Leslie y muchos otros también se encontraban ahí. Al llegarle su turno, cada hombre lanzó su flecha al blanco. Al final del concurso quedaban cuatro finalistas: DuBois, Wicker, Leslie y un extraño con ropas rojo escarlata y un parche sobre un ojo.

—¿Alguien ve a Robin Hood? —preguntaba ansioso el alguacil.

—¿Será posible que el extraño de rojo sea Robin Hood? —preguntó uno de sus hombres.

—No, el cabello de Robin Hood es amarillo como el oro —replicó el alguacil—. La barba de este hombre es castaña.

Los arqueros dieron un paso adelante para el último tiro. La multitud esperaba en silencio. La doncella Marian se reclinó hacia adelante con un destello en los ojos.

Wicker y Leslie lanzaron sus flechas muy cerca del centro. DuBois sacó su arco. La multitud se quedó boquiabierta al ver que la flecha terminaba en el mismo centro del blanco.

—¡Seguro que ganaste! —exclamó el alguacil. Pero el extraño se adelantó, sacó su arco y dejó volar su flecha. ¡Partió en dos la flecha de DuBois! La multitud lanzó un alarido de gusto.

El alguacil le otorgó la flecha de oro y los peniques al extraño y luego se fue con sus hombres. Estaba muy molesto porque había fallado su plan para capturar a Robin Hood.

Los hombres de Robin se reunieron alrededor del extraño. Se quitó su ropa escarlata y el parche del ojo. Ahí estaba Robin Hood con sus ropajes verdes. Se había pintado la barba de castaño con aceite de nogal.

De repente, el rey Ricardo y sus soldados aparecieron en la puerta de la ciudad. Inmediatamente arrestaron al príncipe Juan y al alguacil de Nottingham. Robin Hood y la doncella Marian se arrodillaron ante el rey Ricardo y Robin le pidió la mano de Marian en matrimonio.

—¡Ustedes son mis dos súbditos más leales! —dijo el buen monarca—. ¡Busquen un sacerdote y que comience la ceremonia ahora mismo!

Robin y Marian intercambiaron los votos matrimoniales y las campanas de las iglesias de toda Inglaterra repicaron en ese día tan feliz.

El Conejo de Pana

Una mañana de Navidad, un niño llamado Juan recibió un conejo de pana. En cuanto lo vio, se sintió encantado con el conejo. Lo abrazó con fuerza, frotó su pelo blanco y café marrón y sintió su suavidad que daba deseos de abrazarlo. Luego, Juan puso el conejo en su repisa de juguetes.

Al conejo de pana le sorprendió la compañía con la que se encontraba en la habitación. Había un león de madera sobre ruedas, una tropa de soldaditos de metal, botes mecánicos, una familia de payasos y un caballo balancín grande y gastado.

Pero se sentía solo porque los otros juguetes no le prestaban atención. El caballo viejo era el único juguete que trataba bien al conejo de pana. Le hablaba muy gentilmente todos los días y parecía ser muy sabio.

—Pareces tan real… —le dijo un día el conejo al caballo—. Juan te quiere muchísimo. Te abraza, te monta y parece muy contento.

—Yo soy muy real —le contestó el caballo—. Tú puedes ser real también, si Juan te quiere bastante. Cuando te haya querido tanto que se gasten pedazos de tu pelo de pana y te veas desaliñado y opaco, entonces puedes ser real también.

Al conejo de pana no le gustó la idea de verse desaliñado, pero quería ser de verdad.

Juan parecía haberse olvidado del conejo, pero todos los días montaba al caballo. Lo abrazaba y lo acariciaba y lo quiso hasta que se convirtió en un caballo de verdad y saltó por la ventana de la habitación.

Una noche, Juan estaba inquieto y no podía dormir. Seguía pidiéndole a su mamá que le contara otro cuento. Finalmente, su mamá bajó de la repisa al conejo de pana, se lo dio y le dijo con ternura:

—Toma tu juguete. Te ayudará a dormir.

Juan abrazó al suave conejo y se durmió. De ahí en adelante, el conejo dormía siempre en la tibia cama de Juan y no se volvió a sentir solo.

A veces, Juan lo apretaba tanto que apenas podía respirar. El niño le hablaba y hacía túneles bajo las sábanas, como si fueran las madrigueras en las que vivían los conejos de verdad. Al conejo de pana le gustaba esto y se preguntaba si algún día sería un conejo de verdad.

Pasó el tiempo, y el conejo estaba tan feliz que no se dio cuenta de que algunos pedazos de su hermoso pelo de pana se habían desgastado. Su cola estaba floja y se le había caído el color rosado de su nariz, donde Juan lo besaba.

La primavera llegó y luego el verano. Juan se llevó el conejo afuera a jugar en la hierba y en el arenero. La arena hizo que el pelo del conejo se viera más opaco y desaliñado que nunca. Una vez, el niño olvidó al conejo de pana bajo un seto de flores en el jardín. Su papá tuvo que salir a buscar con una linterna, hasta que encontró al conejo, porque Juan no podía dormir sin él.

—¡Vaya, vaya! —dijo el papá—. Tanto alboroto por un juguete.

Juan estrechó con fuerza al conejo de pana.

—No es un juguete —dijo—. ¡Es de verdad!

El conejo de pana escuchó esto y se acurrucó junto al niño con el corazón lleno de alegría.

Una mañana, Juan estaba enfermo. Cuando el conejo se acostó a su lado, sintió que tenía la piel muy caliente. Juan hablaba en sueños, y personas extrañas iban y venían por la habitación. El conejo de pana se metió en las madrigueras de la cama y se quedó escondido, pero cerca de Juan. Sabía que el niño lo necesitaba ahora.

Fue una época larga y triste. Juan estaba demasiado enfermo como para jugar con el conejo. Pero su juguetito recordaba todas las veces que se divirtieron juntos y se acostaba callado, cerca de él.

Por fin se le quitó la fiebre. Juan se sentó en la cama y volvió a acariciar al conejo. Su mamá y su papá entraron a la habitación con un hombre extraño al que llamaban médico.

—Se puede levantar ahora —dijo el médico— y deben limpiar y desinfectar la habitación para matar los gérmenes.

El médico vio al conejo junto a la almohada.

—Y desháganse de ese animal de peluche —ordenó—. ¡Es una masa de gérmenes! Cómprenle uno nuevo a Juan.

El conejo de pana no podía creer lo que escuchaba. ¡Él era de verdad! ¡El niño se lo había dicho! Pero aun así, ocurrió: tomaron al conejo, se lo llevaron y lo tiraron en un montón de basura, junto con unos libros viejos y juguetes rotos.

El conejo de pana se sentía asustado y tenía frío. ¿Sabría Juan que estaba ahí? Trató de llamarlo, pero no sabía cómo hacerlo.

Recordó que una vez en la habitación, cuando un soldadito de metal se enmoheció tanto que se le cayó la cabeza, la mamá de Juan se había llevado al juguete. ¿Lo habría tirado en el montón de basura? El conejo de pana miró a su alrededor y descubrió lo que quedaba del soldado. Bueno, por lo menos no había desaparecido del todo.

Se quedó quieto y tembló un poquito. Una lágrima grande le rodó por la mejilla, se colgó de su barbilla y cayó a la hierba al borde del montón de basura.

De repente, la lágrima brilló. El conejo de pana observó que una luz empezaba a destellar alrededor de la lágrima. Luego, una dulce hada apareció en su centro.

—Conejito —dijo—, yo soy el hada de la habitación. ¡Vengo a convertirte en un conejo de vedad!

—Pero ya soy de verdad —susurró el conejo.

—Eras de verdad para Juan, porque te quería mucho —dijo el hada—. Ahora, como has sido tan bueno con el niño y porque has llorado, ¡te voy a convertir en un conejo de verdad!

El hada levantó en sus brazos al conejo descuidado y gastado, y voló al bosque. Ahí lo besó y lo puso en un montón de hierba.

El conejo de pana vio un grupo de conejos de verdad que lo miraban fijamente. Luego, empezaron a bailar a su alrededor y el conejo movió sus patas de verdad, con garras de verdad, y arrugó su nariz rosada y de verdad.

Pasó el invierno y luego la primavera. Un día, Juan jugaba en el arenero cuando un conejito café y blanco salió del bosque y se quedó quieto. Por lo que pareció ser un largo rato, el conejo observó al niño que lo había ayudado a convertirse en un conejo de verdad. Se sintió contento y triste a la vez.

Luego, se dio la vuelta y saltó hacia el bosque para volver a su nueva vida.